Zwischen uns die Ewigkeit

Eine aufgefangene Geschichte

Zwischen uns die Ewigkeit

Eine aufgefangene Geschichte

von

Barbara Brolli

Graz 2015

Bibliografische Information der Deutschen Nationalbibliothek: Die Deutsche Nationalbibliothek ver-
zeichnet diese Publikation in der Deutschen Natio-
nalbibliografie; detaillierte bibliografische Daten
sind im Internet über www.dnb.de abrufbar.

© 2015 Barbara Brolli
Herstellung und Verlag:
BoD – Books on Demand, Norderstedt

ISBN: 9783738647976

Für dich, Oma…

In den letzten Monaten ihres Lebens erzählte meine Oma mehr und mehr über die Erlebnisse, die sie in der Zeit des Zweiten Weltkriegs erlebt hatte. Wenn sie von *ihm* erzählte, leuchteten ihre Augen und ein stolzes Lächeln breitete sich auf ihrem Gesicht aus. Ein Bild von ihm stand immer in ihrem Zimmer, auf dem er so stattlich wirkte, wie sie beschrieb.

Ich versuche, zu verstehen, mich in sie hineinzuversetzen und all diese Gefühle nachzuempfinden. Es ist eine spannende aber auch schwere Aufgabe, die ich mir gestellt habe. Wie kann ich, so viele Jahre später und mit begrenztem historischen Verständnis nachvollziehen, was jemand in ihrer Situation gefühlt hat? Ich kenne nur kurze Einblicke in ihr Leben, die ich teilweise Jahrzehnte später von ihr erzählt bekam oder aus dritter Hand erfuhr. Den Rest kann ich mir nur ausmalen und zurechtrücken. Mir war jedoch eines klar: ich möchte nicht, dass ihre Geschichte verloren geht.

Historische Tatsachen wurden und werden gesammelt und archiviert. Aber so viele Erinnerungen, Gedanken und Gefühle würden mit ihr diese Welt verlassen. Ich kann sie nicht festhalten, aber ich kann versuchen, sie aus meiner Sicht zu erzählen. So, als ob ich den Schatten eines Baumes nachzeichnen würde, der sich im Wind bewegt. Es wird nicht derselbe sein, aber vielleicht wird einmal jemand diese Zeichnung sehen und sich vorstellen, wie der Baum ausgesehen hat.

Kobelwitz, Schlesien, April 1939

Kurz warf Anna noch einen prüfenden Blick in den kleinen Spiegel, der neben der Haustüre befestigt war. Er war schon etwas vergilbt und eigentlich verwendete ihn nur ihr Vater zum Rasieren. Aber sie konnte sich gut genug erkennen, um festzustellen, dass sich noch keine ihrer dunkelblonden Locken aus der Frisur gelöst hatte. Nicht dass ihr eine perfekt sitzende Haarpracht wichtig gewesen wäre, aber wenn schon so viel Zeit und Mühe von ihrer Schwester hineingesteckt wurde, konnte man das Ganze ja auch würdigen. Über sich selbst lächelnd schüttelte sie den Kopf, schnappte sich den bereitgestellten Korb und zog die schwere Haustüre auf, worauf ihr sogleich kalter Wind entgegenfegte. Sie sollte sich von Marie nicht solche Flausen in den Kopf setzen lassen, waren die beiden Schwestern doch schon immer sehr verschieden gewesen. Denn eigentlich konnte Anna keinen Sinn darin erkennen, eine halbe Stunde für ihr Erscheinungsbild zu opfern. Es war weder ein Feiertag, noch ein festlicher Anlass, der es rechtfertigen würde, so viel Zeit für solch eine Nichtigkeit zu verschwenden. Anna versuchte, sich nicht mit derlei Dingen aufzuhalten, immerhin hatte sie einige Aufgaben, die sie erfüllen musste. Und wenn sie sich am Hof umsah, auf den sie jetzt trat, holte sie ihr schlechtes Gewissen wieder ein. Denn die Arbeit häufte sich wie immer.

Der Hof wurde von ihrem weißen Haus, dem kleinen, grob zusammengebauten Schuppen aus Holz, den beiden Ställen und einem Brunnen eingerahmt und war zusammen mit dem großen Obstgarten und den Feldern, die sich hinter dem Haus befanden, ihr Zuhause und ihre Arbeitsstelle zugleich. Aber bevor sie sich wieder dem alltäglichen Trott widmen musste, sollte sie noch ins Dorf, um sich einer Beschäftigung zuzuwenden, die ihr mehr zusagte. Sie wollte sich die Tatsache zunutze machen, dass der Bäcker nicht nur einen großen Ofen besaß, sondern auch ein Herz, um ihn zu teilen. Der feine Pflaumenkuchen sollte für die ganze Familie reichen, denn immerhin war am nächsten Tag Sonntag. Obwohl sie, wie zu dieser Zeit nun einmal üblich, sehr religiös erzogen worden war, tat sie sich mit dem Gebot der Nächstenliebe schon am Weg zum Bäcker schwer, wenn sie daran dachte, dass für sie selbst wahrscheinlich nur ein kleines Stück des herrlichen Kuchens übrig bleiben würde. Sie versuchte, ein verstohlenes Kichern zu unterdrücken und beschloss, einen kleinen Teil für sich selbst zu stibitzen. Immerhin hatte ja sie die ganze Arbeit damit und musste den weiten, kalten Weg zum Bäcker und wieder zurück bewältigen. Nicht zu vergessen, dass diese Kostbarkeit ja auch noch hergestellt werden musste, wofür sie sich, großzügig wie sie war, ebenso geopfert hatte. Da war es ja nur berechtigt, wenn sie sich dabei (natürlich nur ein bisschen) selbst bereicherte.

In solcherlei schelmische Gedanken verwickelt, brachte sie den Hof rasch hinter sich und ging über den Weg direkt in den angrenzenden Mischwald, um eine Abkürzung zu nehmen. Im Wald standen die niedrigen Bäume und Büsche dicht beieinander. Die Äste bogen sich weit in den Trampelpfad und man musste sie oft zur Seite biegen, um überhaupt voranzukommen. Anna musste aufpassen, wo sie ihre Füße hinsetzte, um nicht in eine Pfütze zu steigen und sich ihre Schuhe zu verdrecken. Immerhin hatte sie diese erst am Tag davor geputzt und würde einen Teufel tun und diese langweilige Arbeit so bald schon zu wiederholen. Als sie den Weg verließ, wurden ihre Überlegungen von dem vertraut unheimlichen Gefühl verjagt. Den Wald mochte sie schon lange nicht mehr so gerne wie in früher Kindheit, wo er ein Ort des Spielens für sie gewesen war. Der Gedanke, ganz allein durch das Dickicht mit seinem düsteren Licht zu marschieren, behagte ihr nicht. Man konnte nichts hören, außer den ersten Frühlingsboten, den Vögel, oder dem Knacken eines Tieres, das sie aufgescheucht hatte. Ihre eigenen Schritte kamen ihr unnatürlich laut vor. Wie immer versuchte sie, das Gefühl schnell als unnötig und lächerlich abzutun, war doch die Wahrscheinlichkeit, dass hier irgendwo ein Fremder auf sie warten würde, verschwindend gering.

Mit raschen Schritten konnte sie nach kurzer Zeit helleres Licht und damit den Waldrand ausmachen und trat erleichtert hinaus. Nun war es nicht mehr weit über die unter ihren Schuhen knirschende Wiese, welche direkt zum Dorf führte. Es lag vor ihr, aber sie schenkte dem vertrauten Anblick keine Aufmerksamkeit, denn sie kannte alles auswendig. Jede Häuserwand, jeden Weg, von denen es zugegebenermaßen nicht viele gab und jeden Bewohner. Es war kein großes Dorf und auch nicht bedeutend, aber es war ihre Heimat und damit ihr Lebensmittelpunkt.

Als sie die ersten Häuser passierte kamen ihr schon die ersten Bekannten entgegen. Sie wurde hin und wieder knapp gegrüßt oder es wurde ihr zugewunken. Immerhin hatte sie das gesellschaftliche Leben nicht einfach an sich vorbeiziehen lassen. Sie war ja nicht immer eine Pflaumenkuchen stehlende Banditin gewesen, sondern sogar Führerin beim *BDM* im Dorf. Mit Stolz hatte sie das Abzeichen, das sie für ihre Verdienste für das Land bekommen hatte, neben ihrem Schlaflager aufgehängt. Diese Auszeichnung bekam ja nicht jede, somit konnten ihre Späße, die sie sich manchmal erlaubte, tatsächlich nicht so schlimm und ihre Sprüche nicht so frech sein, wie stets von allen behauptet wurde.

Wieder zufrieden mit sich selbst, schlenderte sie zu dem kleinen, einfachen Haus des Bäckers und seiner Frau, das ein steiles dunkles Dach besaß. Schon beim Öffnen der schweren, schmucklosen Holztür schlug ihr ein wunderbarer Duft nach frisch gebackenem Brot und Mehlspeisen entgegen. Als sich ihre Augen an das dunkle Licht gewöhnt hatten, sah sie inmitten fertiger Teiglinge den Bäcker mit einem Nudelholz hantieren. Jeder Zentimeter der Stube war ausgenutzt und vollgestellt mit Arbeitsgeräten, Tischen und Kästen, in denen sich Lebensmittel befanden.

„Na, Anna, kommst du mal wieder, um mich zu besuchen oder um meine Gutmütigkeit auszunützen?"

Mit der Schürze voller Mehl konnte man Albert immer gleich seine Berufung ansehen. Er war ein rundlicher Mann mit meist roten Wangen, dem das Alter schon langsam Falten ins Gesicht zauberte.

„Du benützt doch deinen Ofen sowieso nicht die ganze Zeit, da wäre es doch schade, ihn ungenutzt in der Gegend herumstehen zu lassen!", konnte Anna sich nicht verkneifen.

Natürlich waren es genau solche Ansagen, die ihr ständig Ärger einbrachten, aber sie konnte und wollte einfach nicht aus ihrer Haut. Albert war ein freundlicher Mann und so schüttelte er nur lachend den Kopf.

Seine hellen Augen blitzten schelmisch auf, als er sagte: „Dass du mit deinen siebzehn Jahren immer noch um keinen Deut besonnener geworden bist! Also bitte, bewahre meinen Ofen davor, von Spinnen besetzt zu werden, nachdem ich ihn schon seit fünf Minuten nicht mehr benutzt habe."

Schnell ging Anna zu dem kleinen Tisch in der Ecke und begann, mit den mitgebrachten Utensilien zu arbeiten. Die Backstube war zwar nicht groß, aber gut ausgestattet. Jeder im Dorf liebte die von Albert gezauberten Leckereien.

„Was gibt es Neues in der Welt da draußen?", versuchte sie nach einer Weile, ein Gespräch zu beginnen.

Beim Plaudern machte das Arbeiten doch gleich viel mehr Spaß und Albert war manchmal für so manchen Klatsch und Tratsch gut, denn er besaß das einzige Telefon des Dorfes und hatte damit nicht nur einen sprichwörtlichen Draht zu entfernteren Gebieten, sondern konnte auch die Telefonate der anderen mitverfolgen. So kamen die Leute nicht nur zu ihm, um seinen Ofen zu verwenden, sondern auch, um entfernte Menschen zu kontaktieren. Kurzum, Albert saß auf der Informationsquelle.

„Eigentlich nichts. Dass immer mehr Soldaten bei uns durchreisen, wird dir wohl schon aufgefallen sein. Wenn du mich fragst, bedeutet das alles nichts Gutes. Wo Soldaten kommen, geht der Krieg meist einher. Und das ist das Letzte, was ich mir für uns wünsche!"

Verständnislos sah Anna vom Teigkneten auf. Sie hatte nicht damit gerechnet, dass Albert gleich so ein Thema anschnitt, sie wollte doch nur nett plaudern. Außerdem wurden die Soldaten ja zu ihrem Schutz geschickt und nicht etwa, um ihnen etwas anzutun. Die Führungskräfte würden schon ihre Gründe haben und das Auftauchen von immer mehr Soldaten war bestimmt nur zum Wohl aller. So eine Aussage und der darin enthaltene Zweifel sahen Albert überhaupt nicht ähnlich, deswegen beschloss sie, sie unkommentiert zu lassen und sich wieder ihrem Teig zu widmen. Schweigend arbeiteten sie nebeneinander her, die Lust auf ein Gespräch war ihr vergangen.

Als die Tür geöffnet wurde, war sie beinahe fertig und der Kuchen schon im großen Ofen. Das Tageslicht strahlte für eine Sekunde unangenehm herein, als im nächsten Moment ein fremder Soldat in die Backstube trat und die Tür auch schon wieder ins Schloss fiel.

Ein Soldat war an sich ja nichts Besonderes, denn, wie Albert vorhin schon bemerkt hatte, es reisten viele durch ihr Dorf, oder waren in der Nähe stationiert.

Aber Anna konnte es nicht verhindern, sie musste den Fremden anstarren. Es kam natürlich vor, dass ihr ein Mann auffiel, aber da dies eher selten war, musste sie ihn einfach mustern. Seine dunklen, vollen Haare waren unter einer Soldatenkappe halb verborgen und unter seinem Militäranzug konnte man eine stattliche Figur erahnen. Sein Gesicht hatte sehr männliche Züge, die Wangenknochen waren gut zu erkennen und er hatte volle Lippen. Aber am meisten bewunderte sie seine leuchtenden blauen

14

Augen, die nun, da sie ihn schon unhöflich lange anstarrte, interessiert aufblitzten.

Anna wusste, dass der Zeitpunkt längst gekommen wäre, fromm den Blick zu senken, aber sie dachte gar nicht daran.

Nach einer Weile räusperte sich der Soldat und fragte mit leicht österreichischem Akzent: „Darf ich nochmal das Telefon benutzen?"

Der Bäcker blickte nicht auf, um zu antworten, zu sehr war er in seine Arbeit vertieft, er schien aber den Fremden zu kennen.

„So tüchtig wie du mir und meiner Frau in letzter Zeit geholfen hast, brauchst du nicht extra zu fragen."

Als der Soldat sich auf den Weg an ihnen vorbei machte, fragte Anna keck: „Wen willst du denn anrufen?" – wie so oft, bevor sie darüber nachgedacht hatte. Sie grinste ihm entgegen, als er verwundert stehen blieb. Mit so einer direkten und damit unpassenden Frage hatte er wohl nicht gerechnet, schon gar nicht von einem Bauernmädchen, das über und über mit Mehl bedeckt war.

„Meine Mutter", antwortete er dennoch.

„Wer es glaubt, wird selig!", rief sie ihm zu und brachte ihn damit schon wieder aus dem Konzept.

Sie kicherte leise, während sie mit Aufräumarbeiten begann. Es war so einfach, höfliche Menschen zu verwirren.

Als sich der Soldat zum Telefon aufmachte, konnte sie den Blick Alberts ausmachen, der ungläubig den Kopf schüttelte.

„Wenn dir deine freche Zunge nicht einmal ernstere Probleme einbringt, will ich kein Bäcker sein!"

Anna konnte darauf nur lachen, aber sie versuchte natürlich, das Gespräch des Fremden zu belauschen. Sie konnte aber, ohne sich zu auffällig zu drehen, nicht viel verstehen.

Als sie das Geräusch des Hörers vernahm, der wieder in die Gabel gelegt wurde, war eine halbe Stunde vergangen.

Als der Soldat wieder den Raum betrat, holte sie gerade den Kuchen aus dem Ofen, er hatte eine wunderbare Farbe und roch köstlich.

„Der ist Ihnen aber gut gelungen!", bewunderte der Soldat ihr Werk.

„Vielen Dank! Aber was verstehst du denn schon vom Backwerk?" Allem Anschein nach, war er doch immerhin ein Mann und somit war es sehr unwahrscheinlich, dass er zu Hause oft backte oder kochte.

„Man möchte meinen, einiges. Immerhin bin ich gelernter Bäcker!"

Da wusste selbst die schlagfertige Anna nichts mehr zu erwidern. Das erklärte, wobei er Albert und seiner Frau geholfen hatte.

„Willst du vielleicht ein Stück kosten?", versuchte sie, ihren Patzer wieder gutzumachen.

16

Ein Lächeln stahl sich auf seine Lippen und sie konnte nicht anders, als ihn wieder anzustarren. Was hatte dieser Mann nur an sich, dass sie sich wie ein kleines Mädchen benahm? Bevor er antworten konnte, nahm sie ein Messer, schnitt ein großes Stück ab und hielt es ihm hin. Als er zugriff, musste sie kurz bedauernd daran denken, dass sie nun wohl keinen Kuchen mehr stehlen konnte, ohne dass es an der reduzierten Menge auffallen würde. Er biss genussvoll hinein und sie fragte sich währenddessen, was sie eigentlich ritt, dass sie einfach irgendeinem dahergelaufenen Soldaten Kuchen schenkte.

„Der schmeckt ausgezeichnet, vielen Dank! Mein Name ist übrigens Richard Ehrlacher. Darf ich den Namen dieser talentierten Bäckerin erfahren?"

War das zu glauben? Jetzt wurde sie auch noch rot! Sie drehte sich schnell weg, um ihre Unsicherheit zu verbergen und während sie begann, ihren Kuchen in dem Korb zu verstauen, antwortete sie: „Ich heiße Anna." Großartig! Immerhin wusste sie scheinbar noch, wie sie hieß, vielleicht bemerkte er ja gar nicht, wie unwohl sie sich fühlte. Schnell war der Rest zusammengepackt und nachdem sie sich alles aufgeladen hatte, schob sie sich mit ihrem Korb in Richtung der Tür.

„Danke, Albert, dass ich dich wieder einmal belästigen durfte. Ich hoffe, du hast noch einen schönen Tag", rief sie über die Schulter, als sie bereits ins Freie getreten war. Die Antwort des verwunderten

17

Albert konnte sie schon gar nicht mehr verstehen, denn schon war die Tür zugefallen.

Die frische Luft tat gut und brachte wieder etwas Klarheit in ihren vernebelten Kopf. Schnellen Schrittes versuchte Anna, Raum zwischen sich und diese peinliche Situation zu bringen und ging über den Platz vor dem Bäckershaus. Was war das denn für eine eigenartige Situation gewesen? Nur gut, dass sie nun hinter ihr lag.

„Warte doch!", hörte sie hinter sich rufen.

Als sie sich umdrehte, stellte sie fest, dass Richard ihr gefolgt war. Blöderweise machte ihr Herz einen kleinen Sprung. Sie verdrehte, über sich selbst und die Regungen ihres Körpers genervt, die Augen.

Er versuchte, sie schnell einzuholen und sah dabei trotz der komischen Geste, mit der er versuchte, seine Soldatenkappe am Kopf zu halten, elegant aus.

„Ich will mich revanchieren! Lass mich deine Sachen bis zu deinem Haus tragen.", bat er sie mit dunkler Stimme.

Was für ein verlockender Gedanke. Sie könnten gemeinsam über die Wiese schlendern, nett plaudern und sich gut unterhalten.

„Nein, danke. Es geht schon", stoppte sie ihre Gedanken, die sich gerade selbstständig gemacht hatten.

Bevor sie wusste, was geschah, hatte er ihren Korb mit dem Kuchen jedoch schon aus ihrer Hand

18

genommen und schlug einfach den Weg ein, den sie gerade hatte beschreiten wollen.

„Was soll das?", entrüstete sie sich, konnte aber nicht verhindern, dass ihre Stimme einen erfreuten Klang hatte.

„Na, ich will dir helfen, und das mache ich hiermit. Also, Anna, wo wohnst du?", sprang er einfach auf ein anderes Thema um.

Die dummen Gedanken bahnten sich wieder an die Oberfläche: er interessiert sich für mich! Darüber erfreut, begann sie zu erzählen. „Hinter diesem Wald, ich weiß nicht, wie gut du dich in dieser Gegend auskennst. Es ist nur ein kleiner Hof, den meine Eltern, meine Schwester, mein kleiner Bruder und ich bewirtschaften. Wo kommst du her? Ich nehme an, nicht aus Schlesien, wie mir dein Akzent verrät?"

„Nein, da hast du Recht, ich komme aus Österreich."

Alles in ihr wollte fragen, warum er sie begleitete. Warum er sich die Mühe machte, ihre Sachen zu tragen. Aber diese Blöße wollte sie sich nicht geben, so sagte sie nur: „In Österreich war ich noch nie."

Eine kurze Weile gingen sie schweigend nebeneinander her und ließen gemeinsam das Dorfzentrum und die Menschen darin hinter sich. Ihre Ohren begannen, im eisigen Wind zu brennen und sie verfluchte ihre hochgebundenen Haare, die sie veranlasst hatten, kein Kopftuch zu benutzen, denn für Ende April war es heute außergewöhnlich kalt.

Immer wieder linste sie so unauffällig wie möglich zu Richard und betrachtete ihn kurz. Er hatte einen sehr aufrechten Gang und strahlte Ruhe und Gelassenheit aus. Sein Gesicht hatte einen heroischen Ausdruck. Ob er immer so ernst dreinschaute?

Nachdem er keine Anstalten machte, noch etwas zu sagen, nahm sie das Gespräch wieder auf. „Hast du Geschwister?"

„Ja, eigentlich schon. Drei jüngere Brüder."

Kurz überlegte sie, was das Wort „eigentlich" in diesem Satz zu suchen hatte, ließ diesen Gedanken aber wieder fallen und beschloss, lieber von ihrer eigenen Familie zu erzählen.

„Meine Schwester ist elf, mein Bruder ist gerade fünf geworden. Ich bin übrigens siebzehn, wie alt bist du?"

„Dreiundzwanzig", war die schlichte Antwort.

Große Reden waren anscheinend nicht seine Stärke, dachte sie und musste dabei grinsen. Aber das machte nichts, reden konnte sie für beide genug.

„Was ist denn so lustig?", riss er sie aus ihren Gedanken.

Schüchterne Zurückhaltung und ehrwürdiges Benehmen waren noch nie Annas Stärke gewesen, so auch nicht in diesem Fall. „Also, viel redest du ja nicht gerade", schoss es aus ihr heraus.

Richard wandte sich zu ihr um und schaute sie nachdenklich an. Er sagte nichts und sah sie so lange an, dass sie gerade zu überlegen begann, ob sie ihn jetzt verärgert oder gekränkt hatte, bis er zu schmunzeln begann und den Kopf schüttelte.

„Da hast du Recht." Dieses schiefe Lächeln, das er aufgesetzt hatte, brachte sie kurz aus dem Konzept. Dieser Mann hatte ihr den Kopf verdreht und sie kannte ihn gerade erst ein paar Minuten. Bei diesem Gedanken schüttelte sie den Kopf und sie gingen schweigend weiter. Zum wiederholten Male dachte sie sich, dass sie sich ja sonst nicht wie ein kleines Mädchen neben einem Mann fühlte.

Bald kam der Wald näher und da überkamen Anna andere Gedanken. Wollte sie jetzt mit einem fremden Mann in den Wald gehen? Gerade noch hatte sie sich beim Hinweg Gedanken darüber gemacht und nun wollte sie diese Situation freiwillig herbeiführen? Das war doch eigenartig, gleich bei der ersten Begegnung zu zweit einen Spaziergang im Wald zu machen. Was hatte sie sich eigentlich dabei gedacht? Was würde ihr Vater sagen, wenn sie mit irgendeinem Soldaten alleine aus dem Wald kam? Immer näher kamen die Bäume und nährten ihre Zweifel.

„Für wen ist denn dieser Kuchen gedacht?", wollte Richard wissen, aber Anna konnte sich kaum auf seine Worte konzentrieren. Sie wurde immer unruhiger, klopfte mit ihren Fingern nervös gegen den Oberschenkel und schließlich musste sie einem Impuls nachgeben.

Kurzerhand riss sie dem erstaunten Richard den Korb aus der Hand, rief ihm noch ein schnelles „Danke!" zu und rannte davon, als wäre der Teufel hinter ihr her und nicht ein Soldat, der sie durcheinander brachte. Sie rannte, so schnell sie konnte und als der Wald um sie herum schon dunkler geworden war, begann sie, laut zu lachen. Ihre schnellen Schritte wurden zu Hopsern und sie wurde immer übermütiger. Ihr Rock flatterte im Wind, ihre Haare begannen, sich aus der Frisur zu lösen und Matsch spritzte um ihre Schuhe. Jetzt war es nicht mehr wichtig, sauber zu bleiben, es war ihr alles egal. Was hatte dieser Richard mit ihr angestellt? Sie kannte ihn erst seit ein paar Augenblicken, aber ihr Herz hüpfte wie verrückt und sie fühlte sich frei und glücklich.

Als sie aus dem Wald sprang, machte sie eine Drehung um die eigene Achse und genoss das Gefühl, das sie nicht so recht begründen konnte. Schon von weitem sah sie, dass ihre Mutter am Hof stand und ihr verwirrt entgegenblickte.

Als sie diese, immer noch schwer atmend, erreichte, wurde sie sogleich gefragt: „Was ist denn mit dir los? Warum bist du so außer Atem und du strahlst ja richtig."

Zu ihrer Mutter hatte sie ein gutes Verhältnis. Oft stellte sie sich zwischen Anna und ihren wütenden Vater, denn sie war eine gutmütige Frau. Ihre Augen strahlten immer viel Liebe aus und auch wenn ihre Haltung von der schweren Arbeit schon leicht gebückt war, begleitete immer ein gewisses Maß an Stolz ihre Worte und Handlungen. Sie trug ein ähnliches Gewand wie Anna, wurde es doch gleichermaßen von ihr selbst genäht, nämlich einen Rock mit einer Schürze, eine Bluse und eine dicke gestrickte Weste darüber. Ihre Mutter hatte oft Verständnis für ihre direkte Art und so fielen ihr die folgenden Worte auch nicht schwer.

„Ich habe gerade deinen zukünftigen Schwiegersohn kennengelernt."

Überrascht hob ihre Mutter die Augenbrauen. Ihr Mund klappte auf und wieder zu. Sie schien zu überlegen, was sie von dieser Aussage zu halten hatte. Einmal noch wurde Anna mit einem intensiven Blick bedacht und die nächsten Worte überraschten sie sehr.

„Wo finde ich ihn, wie heißt er und wie schaut er aus?"

Etwas perplex antworte Anna: „Ich habe ihn beim Bäcker getroffen, wo er einquartiert ist, weiß ich nicht. Er heißt Richard, hat eine Soldatenuniform an und dunkle Haare. Aber warum denn?"

Noch viel verwirrter war sie, als ihre Mutter sich ohne ein weiteres Wort plötzlich umdrehte und auf die andere Seite des Hofs ging. Anna folgte ihr zum Schuppen, wo sie ihr altes, klappriges, einst blaues Fahrrad herausnahm, von dem der Lack schon abblätterte und es bestieg.

„Bevor du dich ernsthaft verliebst, wirst du auf meine Zustimmung warten." Mit diesen Worten ließ sie Anna einfach stehen und radelte davon.

Verwundert blickte Anna ihrer Mutter hinterher. Sie schien ihre Gefühle wirklich ernst zu nehmen und das hatte zur Folge, dass sie sich gleich noch bestätigter fühlte. Das positive Gefühl war noch nicht verflogen, im Gegenteil. Sie musste tief durchatmen, weil das Glück so fest auf ihre Brust drückte. Noch einmal schloss Anna die Augen und hörte in sich hinein. Aber da war jetzt kein Zweifel mehr. Sie hatte sich in Richard im wahrsten Sinne des Wortes auf den ersten Blick verliebt.

„Wo ist denn deine Mutter hin?" Die Stimme ihres Vaters riss sie aus den Gedanken.

Als sie die Augen öffnete, sah sie ihn vor dem Haustor. Er war ein drahtiger, kleiner Mann, hatte harte Gesichtszüge, ein spitzes Kinn und als sie ihm nicht gleich antwortete, zogen sich seine dunklen Augenbrauen missbilligend zusammen. Er war bestimmt nicht die richtige Person, um über ihre gerade erwachten Gefühle zu reden. Abgesehen davon, dass er kein romantischer Mann war, konnte sie sich schon vorstellen, was er davon halten würde, wenn sie mit einem Ausländer nach Hause kam.

Als er schon den Mund aufmachte, um seine Frage zu wiederholen, beeilte sie sich, zu sagen: „Sie ist in das Dorf gefahren."

Schnell machte Anna sich auf den Weg ins Haus, um nicht noch weitere Fragen beantworten zu müssen. Als sie an ihm vorbeikam und den Geruch um ihn herum wahrnahm, der, wie meist, nach Zigarren roch, war sie sich sicher, er würde sie aufhalten. Es würde ein unangenehmer Moment werden, wenn er weiter fragen würde und er wäre bestimmt wieder verärgert, vielleicht würde er sie sogar anschreien oder mit Prügel drohen, wenn er alles erfuhr oder sie sich weigerte, ihm genau zu erklären, wo die Mutter hin war. Dem war aber glücklicherweise nicht so und im nächsten Moment war sie auch schon ins Haus geschlüpft.

Als sie wieder in den Spiegel schaute, kam sie sich vor, als würde sie eine Fremde betrachten. Ihre Wangen waren vom Laufen gerötet, ihre Frisur hatte sich leicht gelöst und ihre Augen leuchteten vor Fröhlichkeit. Ja, sie hatte sich verliebt und als sie sich betrachtete, wunderte es sie auch nicht mehr, warum ihre Mutter ihr sofort geglaubt hatte. Als hübsch hatte sie noch nie gegolten, ihr Gesicht war zu rund und grob geschnitten, um attraktiv zu wirken, ihre Wimpern waren zu kurz und ihr Körper war geprägt von der harten Arbeit. Als zart könnte man ihn wirklich nicht bezeichnen. Aber sie musste zugeben, dieses neu erwachte Leuchten stand ihr ausgesprochen gut.

Nachdem sie den Kuchen abgestellt hatte, blieb sie unschlüssig stehen. Sie hatte Hunger, aber dem nachzukommen, hatte sie noch keine Zeit, erst mussten noch einige Arbeiten erledigt werden. Also beschloss sie, mit ihrer Lieblingsbeschäftigung anzufangen und die Pferde zu füttern.

Die Arbeit ging ihr sehr leicht von der Hand, hatte sie doch allen Grund, gut gelaunt zu sein. Sie ging leichten Schrittes zwischen ihren drei Pferden umher. Im Stall war es dunkel und ein bisschen stickig, aber die Pferde hatten es in ihren drei Boxen im Gegensatz zu der kalten Luft im Freien recht warm. Bei ihrem Lieblingstier, Rosi, blieb sie stehen und streichelte es zwischen den Nüstern. Sie war braun mit weißen Flecken und relativ groß für ihre Rasse. Rosi schnaubte dankbar und rieb sich gegen ihre Hand. Sie war ein äußerst gutmütiges Tier und Anna ging oft zu ihr und suchte Trost, wenn es ihr nicht gut ging, oder gab ihr heimlich eine Leckerei.

Als sie gerade leise vor sich hin singend das Ausmisten des Stalls erledigt hatte und ins Freie trat, sah sie ihre Mutter, die gerade mit dem Rad um die Kurve bog. Leicht beunruhigt stellte Anna fest, dass sie aufgeregt war. Was würde sie sagen? War sie einverstanden? Aber eines wusste sie genau und zwar, dass die Meinung der Mutter, sollte sie negativ sein, rein gar nichts ändern würde. Sie würde sich nichts vorschreiben lassen, sich nicht einschränken lassen! Denn sie selbst konnte nicht an der Richtigkeit ihrer Zuneigung zweifeln. So ein schneller und starker Gefühlsausbruch musste einfach etwas zu bedeuten haben.

Also stellte sie sich aufrecht hin, verschränkte die Arme und reckte ihr trotzig das Kinn entgegen, als ihre Mutter sich schnell näherte. Vor ihr blieb sie stehen, stieg vom Rad und sah sie eindringlich an. Im nächsten Moment nickte sie leicht und sagte: „Dieser Richard hat sehr schöne Augen! Und jetzt lass uns das Abendessen vorbereiten."

Damit drehte sie sich um, stellte das Rad in den Schuppen zurück und ging ins Haus. Anna stand wie angewurzelt da und starrte die Tür an, durch die ihre Mutter gerade verschwunden war. Diese Hürde war erstaunlich leicht zu meistern gewesen, kein Streit, keine Vorwürfe, nichts dergleichen. Sie beschloss, die Ereignisse einfach hinzunehmen, als Glück abzustempeln und folgte ihrer Mutter.

***

Die nächsten Tage rauschten an Anna wie im Flug vorbei, zu sehr war sie mit den neuen Gefühlen beschäftigt. Ständig erwischte sie sich dabei, dass sie lächelnd ins Nichts starrte oder aus Gedanken hochschreckte, wenn sie jemand ansprach. Sie hatte immer ein Lied auf den Lippen oder summte vor sich hin. Diese Veränderung war natürlich nicht unbemerkt geblieben, denn im Normalfall sang Anna nicht alleine und wenn, dann nur leise, hatte sie doch schon oft gehört, dass ihre Stimme zum Singen nicht geeignet war. Aber die Scham ging in ihrer guten Laune einfach unter.

Das Problem bei alledem war aber nun, dass sie Richard näher kennenlernen wollte. Sie hatte das starke Bedürfnis, ihn zu sehen, wollte mit ihm reden und mehr über ihn erfahren, aber sie wusste einfach nicht, wie sie das anstellen sollte. Sollte sie ihn suchen? Herausfinden, ob er wie die meisten anderen Soldaten in der Gegend, in der neu errichteten Luftunterstützungseinheit stationiert war und ihn besuchen? An jedem Tag, der verging, wuchs ihre Entschlossenheit, die Sache in die Hand zu nehmen. Wenn sie im Dorf war, ließ sie ihren Blick suchend über die Anwesenden schweifen, immer Ausschau haltend nach den dunklen Haaren und dem leuchtenden Blick.

So auch dieses Mal, als sie nach der sonntäglichen Messe am Markt war, um sich an den vielen Kleinigkeiten zu erfreuen. Sie versuchte, den ganzen Platz zu erfassen, um den Soldaten zu finden, der sie nach nur einem Treffen völlig verändert hatte. Aber es war nicht einfach, alles im Auge zu behalten, denn es herrschte reges Treiben am Platz. Es waren einige Stände aufgebaut worden, an denen sich vor allem die Kinder nicht satt sehen konnten. Man konnte Süßigkeiten kaufen oder Stoffe und sonstige Waren, die im Haushalt oder in der Landwirtschaft gebraucht wurden. Die Stimmung war ausgelassen, man traf Bekannte, Freunde und Nachbarn.

Eigentlich hätte sie sich schon wieder auf den Rückweg machen sollen, da sie heute noch einiges vorhatte. Aber immer noch ging sie umher und versuchte, den Platz zu überblicken.

So in die Suche vertieft, achtete sie nicht auf den Weg vor sich und wäre um ein Haar in die Person vor sich gelaufen. Als sie erschreck hochblickte, erkannte sie Albert, der sie mit diesem Beinahe-Unfall aus ihren Träumereien riss. Er hatte seine typische Schürze um und schien gut gelaunt.

„Na, Anna, suchst du jemanden?" Die Augen des Bäckers blitzten schelmisch auf, er hatte bestimmt nichts Gutes im Sinn.

Etwas verunsichert antwortete sie: „Wie kommst du denn auf sowas?"

Zu ihrer Verwunderung warf er seinen Kopf in den Nacken und lachte schallend. Sie war sich nun sicher, dass Albert diese Frage nicht zufällig gestellt hatte.

„Ich bin eben ein guter Beobachter und kam zu dem Ergebnis, dass ein paar Ereignisse, die stattgefunden haben, zu nur einem Schluss führen können." Anna schwante Böses, aber Albert wollte sie bestimmt nur auf den Arm nehmen.

Dennoch fragte sie: „Und was wären das für Ereignisse?" Sie bemerkte selbst, dass ihre Stimme von einer gehörigen Portion Trotz begleitet wurde. Damit gab sie ihm vielleicht nur noch mehr Grund, sich über sie lustig zu machen.

„Oh, zum Beispiel eine Anna, die sich plötzlich in Anwesenheit eines gewissen Soldaten ganz merkwürdig benimmt und dann ganz plötzlich die Flucht ergreift. Oder ihre Mutter, die am gleichen Tag vorbeikommt, um sich zu erkundigen, wo genau sich dieser Soldat aufhält. Zu guter Letzt auch noch die Gegebenheit, dass dann eben besagter Soldat noch einmal bei mir hereinschneit, aber diesmal nicht, um meinen Telefonapparat zu benutzen oder mir zu helfen, sondern um über diese Anna Informationen einzuholen, wie zum Beispiel, ob sie einen Liebsten hat. Und nun steht diese Anna vor mir, kurz nachdem sie beinahe in mich hineingelaufen wäre, weil sie nach irgendjemandem Ausschau hielt. Also, liebes Mädchen, erzähl mir nicht, du hast gerade nach jemand anderem gesucht als Richard.“

Anna starrte ihn ein paar Momente an, ohne etwas zu sagen. Die Tatsachen, dass er sich über sie lustig machte, er mehr wusste, als ihr lieb war und dass nun eigentlich die Zeit gekommen wäre, um sich mit einer schlagfertigen Antwort zu rechtfertigen, waren wie weggefegt, denn ihre Aufmerksamkeit galt einzig und allein dem, dass Richard sich scheinbar über sie informiert hatte. Sie war also nicht die einzige, die sich nach dieser Begegnung lächerlich benahm. Jetzt hatte er aber genug Spaß auf ihre Kosten gehabt.

Sie wollte schon eine schnippische Antwort geben, als sie ein vertrautes „Hallo, Anna!" vernahm.

Es schien, als würde sich die Zeit für einen Augenblick verlangsamen, die Menschen um sie herum verharren und sich die gesamte Welt nur um den Neuankömmling drehen.

Richard trug wieder eine Soldatenuniform, die sein stattliches Aussehen noch unterstrich. Die Kappe saß schief auf seinen dunklen Haaren.

Mit einem verspäteten „Hallo" kam Anna wieder in die Realität zurück.

„Ich muss dann mal weiter, viel Spaß euch beiden", grinste Albert.

Schon langsam ärgerte sich Anna wirklich über sein Verhalten, aber sie kam nicht mehr dazu, etwas zu erwidern, denn er hatte sich schon umgedreht und war gegangen.

Jetzt hatte sie die Gelegenheit, die sie sich so gewünscht hatte, sie war mit Richard alleine. Auch wenn sich viele Bewohner des Dorfes um sie herum tummelten, ihre Aufmerksamkeit galt einzig und allein ihm.

„Ich hab' dich gesucht", rutschte es aus ihr heraus. Diesmal biss sie sich auf die Zunge, nachdem sie wieder einmal nicht nachgedacht hatte, bevor sie etwas sagte. Sie fluchte innerlich, umso mehr überraschten sie die nächste Worte von Richard: „Ich auch nach dir."

Ihr schlug das Herz bis zum Hals und sie musste lächeln.

„Na, dann frag mich jetzt, ob ich Zeit mit dir verbringen will. Ich muss gleich einer alten Frau im Nachbardorf Kartoffeln bringen. Hast du ein Fahrrad? Dann komm doch mit." Sie war wieder ganz sie selbst und musste über den perplexen Gesichtsausdruck Richards lachen. Er schien fast ein bisschen überfordert mit so viel Offenheit.

„Aber ich muss die Einkäufe noch nach Hause bringen. Treffen wir uns in einer Stunde bei der Kirche", plapperte sie weiter.

Er schien trotz eindeutiger Überraschung nicht lange überlegen zu müssen. „Gut, dann machen wir es so."

Mit einem fröhlichen Lachen drehte sie sich um und ließ den verwirrten Richard ein zweites Mal einfach stehen. Sie war so glücklich, sie hatte Lust, zu jauchzen, zu springen, zu lachen, zu tanzen und zu singen zugleich, aber um nicht vollends ihr Gesicht zu verlieren, begnügte sie sich mit einem leisen Summen, während sie leichten Schrittes möglichst schnell nach Hause lief.

Als sie das alte Rad ihrer Mutter durch den Wald schob, um Richard zu treffen, konnte sie ihre Nervosität deutlich spüren. Ihr Herz klopfte wild und sie konnte es kaum erwarten, endlich die Kirche zu erreichen. Sie würde viel zu früh am Treffpunkt ankommen, aber sie hatte es nicht ausgehalten, zu Hause die Zeit totzuschlagen.

Sie versuchte, ihre wieder frisch geputzten Schuhe gleichmäßig auf den Boden zu setzen. Aber immer wieder erwischte sie sich dabei, dass sie in einen Laufschritt verfiel, um schneller voranzukommen und sie musste sich immer wieder zügeln.

Was war, wenn er nicht kam? Vielleicht hatte er es sich anders überlegt. Warum sollte er auch mit ihr einen Ausflug machen wollen? Mit ihr! Zählte sie ja nicht zu den hübschesten, sondern zu den schnippischsten Mädchen des Dorfes! Sie versuchte, diese furchtbaren Gedanken beiseitezuschieben.

Nun doch laufend, brachte sie schnell den Weg zur Kirche hinter sich. Als die hohe Kirchturmspitze mit den großen Glocken auftauchte, wurde sie noch nervöser. Sie schalt sich für ihre Ungeduld, dass sie so früh hergekommen war. Jetzt war sie gezwungen, bestimmt zwanzig Minuten zu warten. Das war doch ärgerlich und am Ende kam er vielleicht nicht.

Nur noch ein Haus trennte sie von ihrem Ziel und als sie um die Ecke bog und das schön verzierte Kirchentor sah, verpufften ihre Zweifel.

Richard war nicht nur gekommen, sondern war genau wie sie viel zu früh da. Er hatte lächelnd das Gesicht in die Sonne gestreckt und schien die ersten warmen Strahlen dieses Jahres zu genießen.

Er gefiel ihr sehr, mit seinem zufriedenen Gesichtsausdruck und der geraden Haltung. Er war in

Zivil unterwegs und die dunkle Hose mit dem hellen Hemd und der dunkelgrünen Weste standen ihm ausgesprochen gut. Sie fühlte sich auf einmal unpassend gekleidet, mit ihrem alle-Tage-Gewand und dem löchrigen Rucksack mit den Kartoffeln. Sie hatte sich, wie meist, keine Mühe gemacht, sich herauszuputzen, aber dafür war es jetzt zu spät.

Langsam näherte sie sich, weil sie einerseits nervös war, aber auch diesen Moment möglichst lange auskosten wollte. Als sie in sein Blickfeld trat, schreckte er auf. Sofort schienen sich seine Augen noch weiter zu erhellen und nun selbst ein Strahlen abzugeben.

Anna lächelte breit und sagte nervös: „Lass uns gleich losfahren."

Er lächelte sein unwiderstehliches Lächeln und nickte.

Nachdem Richard ihr den schweren Rucksack abgenommen hatte, schwangen sie sich auf ihre Räder, er leider sehr viel eleganter als sie und fuhren los über den Platz und aus dem Dorf hinaus.

Sie tat sich schwer, einen gleichmäßigen Tritt zu finden, sie war einfach zu aufgeregt.

„Du hilfst den Bäckersleuten mit ihrer Arbeit, habe ich gehört? Das ist aber sehr nett von dir", fing sie ein Gespräch an, als sie sich gefangen hatte und sie nebeneinander her fuhren.

Der Fahrtwind war an diesem Tag glücklicherweise nicht so kalt, da die Sonne bald ihren Höhepunkt erreichen sollte und sie recht warm vom Himmel schien. Die Straße war ein bisschen uneben und so wurden sie durchgeschüttelt, aber das hielt Richard nicht davon ab, zu antworten. „Ja, man hat im Auslandseinsatz in der Freizeit ja nicht so viel zu tun und ich bin zur Hilfsbereitschaft erzogen worden. Außerdem sind Albert und seinen Frau Gudrun zwei sehr nette Leute, da hilft man doch gern."

Sie überlegte, ob sie sich genauso verhalten würde und musste sich eingestehen, dass sie zwar viel Arbeit gewohnt war, aber wahrscheinlich nicht so viel Benehmen zeigen würde.

„Ja, das sind sie. Meine Mutter und ich dürfen immer ihren Ofen benutzen."

Richards Hilfsbereitschaft imponierte Anna sehr und auch seine aufrechte Art, auf dem Rad zu sitzen, als wäre es ein Schlachtross und kein Rad.

Sie erkundigte sich, ob er in der Luftunterstützungseinheit stationiert war. Diese Stationen, die Funkfeuer abgaben, wurden dort errichtet, wo Flugzeuge eine Hauptflugstraße benötigten, um ihr Ziel zu erreichen. Vor einigen Wochen war die Einheit in der Nähe ihres Ortes gebaut worden. Ein paar Dutzend Soldaten waren seither aufgetaucht, um dort ihren Dienst zu tun. Sie hoffte, dass er die Frage bejahen würde, da dieser Beruf für einen Soldaten als vergleichsweise ungefährlich galt.

Ihr fiel ein Stein vom Herzen, als er mit „Ja, genau, bin ich" antwortete, bedeutete das doch, dass er nicht Gefahr lief, einmal an der Front kämpfen zu müssen. Außerdem war er in ihrem unbedeutenden Dorf stationiert, wo es im Falle eines Krieges sowieso nie zum Kampf kommen sollte.

„Das klingt spannender, als die ewig gleiche Arbeit bei uns am Hof. Ich wäre gerne weiter zur Schule gegangen. Das Lernen hat mir immer Spaß gemacht. Aber mit der ganzen Arbeit bei uns zu Hause wäre das nie möglich gewesen. Habt ihr daheim auch einen Hof?", fragte sie, um auf ein anderes Thema zu kommen.

Als er mit „Ja, haben wir", antwortete, purzelten ihr die Frage heraus. „Warum bist du dann Bäcker geworden? Du hast mir doch letztes Mal erzählt, dass du der älteste unter euch Geschwistern bist."

Wäre es nicht üblich gewesen, dass Richard als ältester Sohn einmal seinen Hof zu Hause übernommen hätte?

„Unsere Familiengeschichte ist ein bisschen kompliziert", versuchte er, ihr auszuweichen, aber ihr Interesse war gepackt und wenn das geschah, musste ihr Gegenüber früher oder später klein beigeben. „Was bedeutet das?", fragte sie also weiter und ließ sich nicht unterkriegen.

„Meine drei Brüder sind meine Halbgeschwister, wir haben nicht den gleichen Vater", überraschte er sie mit seiner Offenheit.

So konnte sie auch nicht aufhören, weiter nachzubohren. „Heißt das, deine Mutter war Witwe?"

Sie schaute ihn betroffen an, es musste schlimm sein, seinen Vater zu verlieren.

„Nein." Seine Antwort klang endgültig, seine Stimme abwehrend.

Mehr sagte er auch nicht dazu und sie machte große Augen. Dann hatte sich seine Mutter einen neuen Mann gesucht, oder war mit dem ersten, mit dem sie ein Kind gezeugt hatte, überhaupt nicht verheiratet gewesen.

So eine Geschichte wäre in ihrem Dorf ein Skandal. Jeder würde hinter vorgehaltener Hand darüber sprechen. In so einer kleinen Gemeinschaft wusste jeder die Geheimnisse des anderen und es wurde nicht am Urteilen gespart.

Sie hätte gerne mehr erfahren, aber sogar sie hatte bemerkt, dass er nicht mehr darüber sprechen wollte. So beschloss sie, das Thema in eine unverfänglichere Richtung zu wechseln und fragte nach seinen liebsten Freizeitbeschäftigungen.

Ins Gespräch vertieft, hatten sie bald die kleine Reise hinter sich gebracht. Über Straßen, holprige Wege und Wiesen fuhren sie und genossen die Aprilsonne. Überall hatten sich die ersten Blumen durch die Erde gekämpft und streckten ihre bunten Blüten in Richtung Himmel. Die Bäume trugen Blüten und es duftete herrlich. Es war eben Frühling – eine wunderbare Zeit, um sich zu verlieben.

Anna merkte bald, dass sie sich gut miteinander unterhalten konnten, was vorwiegend daran lag, dass er ein guter Zuhörer war und sie gern und viel redete. Oft brachte sie ihn zum Lachen und so verbrachten sie eine heitere Zeit miteinander. Da die Frau, der sie die Kartoffeln bringen sollte, nicht daheim war, hielten sie sich nicht lange dort auf. Sie luden nur die Kartoffeln ab, löschten ihren Durst an einem Brunnen und machten sich wieder auf den Weg zurück, der genauso fröhlich und berauschend war. Richard war ein perfekter Gentleman, immer zuvorkommend und sehr höflich. Anna bemühte sich, ihr lebendiges Wesen zurückzunehmen, um ihn nicht zu verschrecken. Aber sie hatte den Eindruck, dass ihm gerade diese fröhliche und ehrliche Seite an ihr gefiel. Mit dem vorschreitenden Tag wurde es auch zunehmend kühler und sie war froh, dass sie sich bewegten, sonst würde sie schon des Längeren frösteln.

Als ihr Dorf wieder in Sicht kam, wurde sie wehmütig. Der Tag war so schön gewesen und sie wollte nicht, dass er schon zu Ende war. Sie hatte das Gefühl, Richard gerade erst getroffen zu haben, so schnell war die Zeit verflogen.

Schweigend fuhren sie zur Kirche, an der sie sich getroffen hatten und stiegen dort ab. Kurz standen sie vor dem Gebäude, ohne etwas zu sagen. Auch Richard machte den Eindruck, als ob er sich nicht gerne von ihr trennen wollte.

„Darf ich dich nach Hause begleiten?", fragte er sie höflich.

Am liebsten hätte sie sofort zugestimmt, wollte den Abschied noch möglichst lange hinauszögern. Die Vorstellung, dass er dann vielleicht auf ihren Vater traf, ließ sie aber lieber ablehnen, so schwer es ihr auch fiel.

Sie versuchte, fröhlich zu klingen als sie sagte: „Das war ein schöner Tag, danke, dass du mich begleitet hast. Ich hoffe, dass wir das bald wiederholen können."

Sie wollte sich eine Einladung erschleichen. Er antwortete nicht sofort, und sie hatte Zeit, sich vorzustellen, wohin er sie einladen würde. Sie freute sich schon sehr auf ihr nächstes Treffen und konnte es, obwohl ihr Zusammenkommen noch gar nicht ganz vorüber war, kaum erwarten.

Deswegen schockierte sie Richards zögerliche und wenig begeisterte Antwort umso mehr. „Naja, dass es dazu kommen wird, glaube ich eigentlich nicht."

Annas Gesichtszüge entgleisten. Ihr war, als hätte sie einen Kübel voll Eiswasser über den Kopf geschüttet bekommen. Die Enttäuschung kroch in ihr Herz.

Bevor sie Überhand nehmen konnte, rief sie etwas zu laut: „Dann mach's gut!"

Mit diesen Worten wirbelte sie herum und stürmte davon, was gar nicht so einfach war, da sie das

Rad neben sich herschob. Richard musste den gruß-
losen Abschied bereits von ihr gewohnt sein, auch
wenn sie sich in diesem Moment herzlich wenig
darum scherte. Was war das denn für eine Antwort
gewesen? Der Tag war doch so nett gewesen! Was
hatte er auf einmal? Hatte sie ihn doch irgendwann
beleidigt? Warum wollte er sie nicht mehr treffen?

Tausend Fragen stürmten Anna durch den Kopf,
als sie rannte, bis sie keinen Atem mehr hatte. Sie
war so verletzt, so betrübt und beleidigt, dass sie
überhaupt nicht auf die Idee kam, auf das Rad zu
steigen.

Schnell hatte sie das Dorf, aber nicht die Enttäuschung hinter sich gelassen und war im Wald angekommen. Ihr war egal, dass ihr der Schmutz bis zu
den Knien spritzte und ihr Äste ins Gesicht schlugen.
Nie hätte sie sich während des wunderschönen
Nachmittags ausgemalt, dass er so enden würde. Der
herrliche Tag war dahin, zurück blieb nur ihr verletzter Stolz.

Zu Hause angekommen lief sie sofort in ihr
Zimmer, legte sich aufs Bett und zog sich die Decke
über den Kopf. Heute würde sie sich weigern, noch
einmal ans Tageslicht zu treten, auch wenn sie sich
damit Ärger einhandelte. Wie konnte es passieren,
dass eine Bekanntschaft von nur wenigen Tagen so
viel Auswirkung auf ihren Gemütszustand hatte?
Über ihre Grübeleien und Selbstmittleid schlief sie
bald traurig ein.

Am nächsten Morgen wäre sie am liebsten im Bett geblieben, aber natürlich musste sie ihre Arbeiten erledigen, so stand sie dennoch auf und fing missmutig an, ihrer Arbeit nachzugehen.

Sie war gerade dabei, den Hof zu kehren und ging dabei zum hundertsten Mal den gestrigen Tag durch, um herauszubekommen, was sie falsch gemacht hatte, als sie beschloss, dass sie von Männern ein für alle Mal die Nase voll hatte.

Frustriert trat sie gegen einen Eimer, mit dem einzigen Ergebnis, dass ihr Fuß schmerzte. Fluchend fuhr sie fort, Ordnung zu schaffen. Als sie damit fertig war, riss sie das Tor zum Schuppen auf, warf den Besen hinein und schmiss das Tor wieder zu. Danach ging sie ein paar Schritte, blieb stehen, schüttelte den Kopf, seufzte schwer, drehte sich wieder um und ging zurück in den Schuppen, um den Besen wieder ordentlich hinzustellen.

Es war zum Haare raufen. Der gestrige Tag, den sie als wunderschön empfunden hatte, hatte bei Richard scheinbar nicht dasselbe ausgelöst wie bei ihr. Er interessierte sich nicht für sie und ihre Gefühle blieben unerwidert. War sie zu direkt gewesen, oder gar zu forsch? Vielleicht hatte Richard zu Hause schon eine Herzdame und war Anna gegenüber nur höflich gewesen. Aber diesen Gedanken verwarf sie wieder. Allein mit ihr einen Ausflug zu unternehmen, war eindeutig ein Zeichen, dass er interessiert war. Außerdem hatte er den ersten Kontakt zu ihr hergestellt, er war ihr schließlich nachgeeilt und wollte sie nach Hause begleiten. Oder war das wieder ein Zeichen seiner übertriebenen Höflichkeit? Immerhin half er den Bäckersleuten auch einfach, weil er ein freundlicher Mann war.

Sie musste seufzen.

Ja, er war höflich und zuvorkommend und ein Mann, von dem man träumen konnte. Ein Mann der Träume, der sie selbstverständlich uninteressant fand.

Sie war so in ihre negativen Gefühle versunken, dass sie die Person, die auf den Hof trat, erst spät bemerkte. Sie war groß, ging aufrecht und trotz allem hatte sich Anna sehr gewünscht, dass sie auftauchen würde.

Sie konnte sich nur nicht vorstellen, was Richard hier wollte. Er hatte klargemacht, dass er sie nicht wiedersehen wollte. Was trieb ihn nun, einfach hier aufzutauchen? Wollte er sie weiter demütigen? Sie hatte ja verstanden, er brauchte es nicht noch schwerer für sie zu machen.

So sah sie mit gemischten Gefühlen dabei zu, wie er näher kam.

An ihren Vater dachte sie keine Sekunde, ihre Eltern waren gerade erst mit den Pferden aufs Feld gefahren.

Richard schaute ihr mit unsicherem Blick entgegen. Heute trug er wieder seine Uniform, die Kappe hatte er tief in sein Gesicht gezogen.

„Was willst du hier?", fragte sie ihn unfreundlich, als er sie erreicht hatte, zu tief saß ihr verletzter Stolz.

Zuerst schien er nicht recht zu wissen, was er auf diese Begrüßung antworten sollte. Unangenehm berührt stieg er von einem Fuß auf den anderen und sah zu Boden. Fast tat er ihr leid. Aber eben nur fast.

Schließlich überwand er sich: „Ach, Anna, du hast mich gestern nicht aussprechen lassen…"

Dumme Hoffnung machte sich in ihr breit, aber sie versuchte, sie gleich wieder niederzukämpfen, um nicht wieder enttäuscht zu werden. Wer war sie, dass sie sich von einem dahergelaufenen Soldaten herumschupfen ließ?

„Ich meinte nicht, dass ich dich nicht wieder treffen *will*. Nur, dass es schwierig wird, es bald zu schaffen. Heute ist mein letzter Tag hier. Ich bin abgezogen worden. Genaueres wissen wir noch nicht, nicht einmal, wo wir stationiert werden, aber wahrscheinlich weit weg."

Die Information sickerte nur langsam in Annas Bewusstsein. So, wie es sich anhörte, wollte er zwar doch mehr Zeit mit ihr verbringen, dieser Umstand war aber wenig nützlich, wenn er ab jetzt vielleicht sehr weit weg stationiert wurde. Wieso hatte er ihr das nicht schon gestern, ganz am Anfang verraten?

Konnte es sein, dass er die Wahrheit sprach? Aber in dem Fall würde sich eine Beziehung sowieso als schwierig, wenn nicht gar unmöglich gestalten. Aber immerhin würde es dann bedeuten, dass es nicht an ihr lag.

So schwankte sie zwischen Freude, Enttäuschung und trotz allem ein bisschen Hoffnung, die aber nur ein Hilfeschrei ihres Unterbewusstseins war.

„Ich bin gekommen, um dich zu fragen ob ich dir schreiben darf. Ich will den gerade erst entstandenen Kontakt mit dir nicht gleich wieder verlieren." Richard klang beinahe ein bisschen verzweifelt. Die Umstände schienen ihm leid zu tun.

Aber was nützte es? Sie würde ihn in jedem Fall verlieren. Wer wusste schon, wo er stationiert wurde und wann oder ob er zurückkehren konnte?

Der Gedanke tat ihr furchtbar weh. Sie wollte ihn am liebsten anschreien und fragen, warum er ihr so den Kopf verdreht hatte, warum er unbedingt wegmusste, warum sie nicht mehr Zeit miteinander hatten. Sie war verzweifelt und geschmeichelt zugleich. Bei all dem Gefühlswirrwarr war für sie trotzdem klar, was sie tun würde.

Sie nannte ihm einfach ihre Adresse, wohl wissend, dass sie nicht anders konnte, ohne dass sie es für immer bereut hätte. Ansonsten blieb sie aber, ganz untypisch für sie, still.

„Ich hoffe, du wirst mir zurückschreiben. Leider muss ich gleich wieder los. Also lasse ich dieses eine

Mal dich stehen. Auf Wiedersehen, Anna." Mit diesen Worten drehte er sich um und ging mit hängenden Schultern davon.

Dieses Mal musste sie ihm verwirrt hinterherschauen. Was sie von alledem halten sollte, war ihr nicht klar, aber was sie tatsächlich fühlte, schon: Richard fehlte ihr schon jetzt. Alles in ihrem Inneren schrie ihm hinterher, aber sie war nicht in der Lage, auch nur einen Ton von sich zu geben. Sie wollte ihm noch so viel sagen, ihn nicht einfach gehen lassen, aber sie stand nur wie angewurzelt da und brachte kein Wort über die Lippen. So viele verschiedene Gefühle konnten doch unmöglich in nur einen Menschen passen. Sie war kurz hintereinander verliebt, glücklich, nervös, enttäuscht, wütend, verletzt, hoffnungsvoll und unentschlossen gewesen. Kein Wunder, dass sie nun verwirrt und überfordert dastand, nicht fähig, Richard aufzuhalten.

Immer größer wurde der Abstand zwischen ihnen und sie wusste, dass dieser unüberwindbar scheinende Raum zwischen ihnen noch viel weiter anwachsen würde. Wie viel Zeit mochte vergehen, bis sie sich wiedersahen?

Den letzten Moment gemeinsam vergeudete sie damit, ihm schweigend nachzustarren. Ihr Magen zog sich zusammen und sie musste schluchzen. Es war so unfair! Ihr Herz rief immer wieder seinen Namen, aber er verließ ihren Mund nicht und fand nie den Weg zu Richard.

Kurz bevor er das Hoftor schloss, drehte er sich noch einmal um und sie hoffte inständig, dass er die einzelne Träne, die ihre Wange hinunterlief, nicht sah.

Sie sah ihren eigenen Trennungsschmerz in seinen Augen widerspiegeln. Er hob die Hand zum Gruß und war im nächsten Moment schon verschwunden.

Sie blieb zurück und fühlte sich allein und leer.

***

Wochen waren vergangen und jeden Tag wartete Anna auf Richards Brief.

Der Sommer kam jetzt mit kleinen Schritten näher und das brachte viel Arbeit mit sich. Die Sonne brach mit wachsender Kraft durch die immer seltener werdende Wolkendecke. Das bedeutete, dass die ersten Ernten eingebracht wurden und sogar der kleine Gemüsegarten trug schon Früchte. Bei der Feldarbeit musste Anna nun ein Kopftuch tragen, um nicht von der Sonne verbrannt zu werden. Alles wurde für die heiße Zeit vorbereitet.

Die Arbeit war hart und sie hatte zwar genug zu tun, um sich abzulenken, aber schaffte es trotzdem nie ganz. Sie sehnte sich nach einem Lebenszeichen von Richard. Des Abends saß sie vor dem Haus oder in der Küche und beschäftigte sich mit Stickereien oder Nähversuchen. Sie war schon viel besser geworden, kein Vergleich zu den Socken, die sie einmal in der Schule für ihren kleinen Bruder Franz stricken sollte. Ein Jahr lang hatte sie an dem Sockenpaar arbeiten müssen, weil die Lehrerin ihre Versuche immer wieder aufgetrennt hatte, weil sie zu ungeduldig und schlampig gearbeitet hatte.

Auch an diesem Abend saß sie mit ihrer Mutter, dem Vater und ihrem kleinen Bruder in der Küche. Es war ein niederer Raum, in den der Herd, ein Esstisch mit der Bank, drei Sessel, der recht gemütliche Stuhl ihres Vaters und an den kalten Abenden die ganze Familie Platz finden mussten. Die Möbel waren selbst zusammengeschreinert worden, teils von ihren Vater, teils von Verwandten. Alles bestand aus Holz, auch die Decke, an der der Hauptbalken sofort ins Auge stach, denn er war mit Schnitzereien verziert und schön anzusehen.

Anna saß mit ihrer Mutter am Tisch und trank ein Glas Milch. Als sie sich gerade fragte, wo Marie eigentlich war, kam die Antwort sogleich lautstark zur Tür herein.

„Anna hat von ihrem Geliebten einen Brief bekommen!", rief sie in den Raum herein und fuchtelte wild mit einem Briefumschlag in der Luft herum. Ihr Mund war zu einem frechen Grinsen verzogen und im gleichen Moment bereute Anna, ihrer kleinen Schwester in einem unbedachten Moment von Richard erzählt zu haben.

„Was schreist du denn so herum? Sei gefälligst leiser!", rief der Vater wütend von seinem Sessel.

Gleich war Stille eingetreten und der Vater senkte seinen Blick wieder in die Zeitung, die er gelesen hatte. Anna war sehr froh, dass er auf den Brief nicht reagierte.

So sprang sie auf, durchquerte den Raum und riss Marie den Umschlag aus der Hand.

Diese rief ihr einen Fluch hinterher, als Anna damit an ihr vorbei und die Treppen hinauflief.

Die Schlafkammer, die sich Anna und ihre Geschwister teilten, brachte die gewünschte Privatsphäre. Sie war klein, Marie und Franz teilten sich sogar ein Bett, aber es wurde normalerweise ja auch nur die Zeit zum Schlafen darin verbracht. Wie das restliche Haus auch, war sie einfach und nur mit den nötigsten Möbeln eingerichtet. Aber es war mit den beiden Betten, den zwei Schränken und Annas Tischchen neben dem Bett schon vollkommen vollgestellt.

Oben angekommen warf sie sich aufs Bett. Vor Aufregung zitterten ihre Finger. Ihre Adresse und Name war in eleganter Schrift vorne auf das Kuvert geschrieben und es war eine schöne Briefmarke mit einer Berglandschaft angebracht. Sie stellte sich vor, wie Richard mit einem Kugelschreiber die Buchstaben ihres Namens auf das Papier schrieb. Beinahe konnte sie ihn vor sich sehen, wie er andächtig den

Stift führte. Hinten stand eine Adresse, die sie nutzen konnte, um Richard zurückzuschreiben.

Ungeduldig wie sie war, versuchte sie, den Umschlag nicht zu zerstören und trotzdem möglichst schnell an dessen Inhalt zu gelangen. Sie zog das Briefpapier heraus und faltete es beinahe feierlich auf. Es war nur eine kleine Seite, aber sie erfüllte Anna mit purem Glück. Die Schrift spiegelte seinen Charakter wider, sie war sehr schön, gleichmäßig und gerade. Aufgeregt begann sie, die Zeilen zu lesen:

Liebe Anna!

Ich bin jetzt im Sudetengebirge angekommen. Ich wünschte, du wärst hier und könntest mit mir den atemberaubenden Ausblick genießen. Ich hätte so gerne mehr Zeit gehabt, dich noch besser kennenzulernen. Unser gemeinsamer Ausflug hat mir nämlich sehr gefallen. Ich kann dein Lachen zwar nicht hören, aber ich hab es noch in meinen Gedanken.

Danke, dass du diese kurze Zeit mit mir verbracht hast und ich hoffe, du wirst in Zukunft auch noch viel mehr mit mir verbringen. Du bist so lebensfroh und scheinst immer glücklich zu sein und das fehlt mir sehr.

Bitte antworte mir und sag, dass du mich wiedersehen willst und mach mich damit zu einem glücklicheren Menschen. Ich werde jeden Tag hoffen, dass es derjenige ist, an dem ich wieder etwas von dir höre.

In voller Ungeduld,
dein Richard

P.S.: Vielleicht findest du irgendwann Zeit, Albert und seiner Frau meinen Gruß zu übermitteln?

Anna las den kurzen Brief drei Mal und jedes Mal wurde sie glücklicher. Sie drückte ihn an die Brust wie den wertvollsten Schatz auf der Welt. Sie konnte es kaum glauben, dass das alles wahr sein sollte, aber sie hatte den Beweis in der Hand und der ließ keinen Raum für Zweifel. Mit ihren Gefühlen stand sie nicht alleine da, sie wurden erwidert und das machte sie unvorstellbar glücklich.

Schnell sprang sie auf und suchte alles zusammen, was sie brauchte, um eine Antwort zu verfassen. Das Postamt würde zwar erst am nächsten Tag wieder besetzt sein, aber sie wollte den Brief gleich im Morgengrauen dort abgeben, um möglichst bald eine Antwort zu bekommen.

Es fiel ihr wie immer nicht schwer, Worte zu finden, die ihre Gefühle ausdrückten. Die Schwierigkeit bestand darin, ihre Schrift möglichst elegant aussehen zu lassen und sie musste mehrmals neu ansetzen, weil sie mit dem Ergebnis nicht zufrieden war. Leider brachten die vielen Versuche nichts, ihre Schrift blieb nun einmal so, wie sie war, sie wirkte grob und ungelenk.

So schrieb sie ihre Gefühle auf.

Lieber Richard,

ich vermisse dich auch. Im Nachhinein bereue ich es, nicht den Mut aufgebracht zu haben, dich früher zu suchen. Wie lange muss ich diesen Umstand bereuen? Wann sehe ich dich wieder? Wenn ich könnte, würde ich den ersten Zug besteigen, der es mir ermöglicht, dich wiederzusehen. Aber ich bin hier wie festgebunden.

Ich mache mir Sorgen um dich, überall hört man Gerüchte über einen bevorstehenden Krieg. Behalten sie damit Recht und wirst du darin verwickelt? Bist du in jedem Fall in Sicherheit? Hast du genauere Informationen, die mich beruhigen können?

Gleich morgen werde ich deinen Gruß an die Bäckersleute ausrichten. Ich hoffe, dir geht es gut.

Ich freue mich schon auf deinen nächsten Brief! Bitte antworte bald.

Wartend,
deine Anna

Beim Schreiben überlegte sie kurz, ob sie den Brief tatsächlich so abschicken sollte. Immerhin kannten sie sich kaum und vielleicht sollte sie genauer über ihre Worte nachdenken.

Aber so war sie nun einmal und vielleicht freute er sich genauso sehr über ihre Zeilen, wie sie sich über die seinen.

Ohne noch einmal darüber nachzudenken, faltete sie ihren Brief und stopfte ihn in einen Umschlag. Nachdem sie die Adresse darauf geschrieben hatte, steckte sie ihn zusammen mit seinem unter den Kopfpolster. Danach legte sie sich selbst darauf und ließ ihre Gedanken schweifen.

Sie war so voller Sehnsucht nach Richard, dass es ihr den Hals zuschnürte und sie hoffte inständig, dass er bald Zeit finden würde, sie zu besuchen. Sie stellte sich vor, dass er sie bei ihrem nächsten Treffen küssen würde, wie sich seine Umarmung anfühlen würde und wie seine Lippen schmecken würden. Ihre Fantasie eilte weit in die Zukunft voraus, wie sie heirateten und wie die Hochzeitsnacht war, dass sie Kinder bekommen und in der Nähe vielleicht einen Hof aufbauen würden. Sie konnte es kaum erwarten, in ihre gemeinsame Zukunft zu starten und mit Richard glücklich zu werden.

Ihr Glas Milch in der Küche würde bis zum nächsten Tag auf sie warten müssen, sie war damit beschäftigt, zu schmachten.

***

Am ersten September 1939 hörten sie im Radio, dass ein Krieg begonnen hatte.

Ihr Dorf schien so friedlich dazuliegen wie immer. Aber bei genauerem Blick hätte man bemerkt, dass viele Männer fehlten. Sie waren voller Tatendrang aufgebrochen, um den Sieg nach Hause zu tragen. Man war sich sicher, dieser Krieg würde bald gewonnen sein und die Väter, die Brüder, die Söhne, Verwandten und Bekannten würden bald wieder wohlbehalten zurückkehren.

Auch Annas Vater war einberufen worden. Es war ein kalter Herbst, ein eisiger Wind peitschte über das Land und die Öfen wurden beinahe ununterbrochen beheizt.

Anna lenkte sich mit Richards Briefen ab. Sie schrieben sich regelmäßig, schrieben ihre Gefühle füreinander auf, teilten Gedanken und Geheimnisse. Gegenseitig erzählten sie sich von ihrer Vergangenheit und den Vorstellungen von der Zukunft.

Bald schon schien Anna den Mann hinter den Zeilen so gut zu kennen, wie noch keinen anderen davor. Auch wenn ihr bewusst war, dass sie noch sehr wenig Zeit in seiner Gesellschaft verbracht hatte, fühlte sie sich ihm sehr nahe. Die geschriebenen Worte waren ihre Verbindung zueinander und es war herrlich leicht, auf einem Blatt Papier offen und ehrlich zu sein.

Ihre Vorfreude, aber auch ihre Nervosität machten sich heftig bemerkbar, als er schrieb, dass er über die Weihnachtsfeiertage sogar bis Silvester Urlaub bekam und sie zum Jahreswechsel besuchen kommen würde.

Bis dorthin war es noch eine lange Zeit und Anna konnte sich kaum vorstellen, diese kleine Ewigkeit warten zu müssen. Aber immerhin hatte sie nun die Gewissheit, ihn wiedersehen zu können und daran hielt sie sich fest.

***

„Au! Pass doch auf!"

Schon wieder hatte Marie ihr die Haarnadel in die Kopfhaut gestochen. Sie fragte sich allmählich, warum sie diese Tortur schon wieder über sich ergehen ließ.

„Sei nicht so wehleidig, das wird es dir wohl wert sein, dass du bei deiner Verabredung wenigstens ein bisschen etwas zugleich schaust." Marie versprühte wie gewohnt ihren Charme, der manchmal für zart besaitete Personen ziemlich verletzend sein konnte.

Aber heute konnte sie Annas gute Laune nicht zerstören. Es war Silvester und damit der Abend, an dem sie Richard endlich wiedersehen würde.

Acht Monate hatten sie sich nun geschrieben, sie hatte das Gefühl, alles über ihn zu wissen, auch wenn sie sich bereits schwertat, sich an sein Aussehen zu erinnern.

Draußen lag eine dicke Schicht Schnee und bei der Menge, die es immer noch schneite, würde sie rasch weiterwachsen. So lange hatte sie auf diesen Abend gewartet und nun war er endlich gekommen. Sie war wegen dieser Aufregung auch sehr nervös, aber das würde Anna vor niemanden zugeben, am liebsten auch nicht vor sich selbst.

„Bist du jetzt endlich fertig?", fragte sie nach einer Weile.

„Was hast du denn für eine Eile? Es ist ja gerade einmal sieben!"

Richard hatte ihr geschrieben, dass er um acht bei ihnen ankam und sie abholen würde, um den Abend bei Bekannten von Annas Familie zu verbringen.

Sie hatte das Gefühl für die Zeit komplett verloren, ihr kam es vor, als säße sie seit fünf Stunden am Schemel vor ihrer Schwester und nicht erst seit fünf Minuten.

Die letzten Tage hatten eine gefühlte Ewigkeit gedauert, auf die Arbeiten, die sie hatte erledigen müssen, hatte sie sich überhaupt nicht konzentrieren können und nun wurde sie nur durch eine Stunde von ihm getrennt.

Leider konnte auch eine Stunde lange dauern, wartete man nur hart genug, dass sie endlich verging.

„Ich bin ja schon so neugierig auf deinen Richard! Weiß Vater schon von ihm? Hat er ihn schon kennengelernt?" Damit sprach Marie das Thema an, das Anna schon die ganze Zeit versucht hatte, zu verdrängen. Denn die Wahrscheinlichkeit, dass Richard ihren Vater auch mit seinen blauen Augen überzeugen konnte, war nicht gegeben, somit würde es bestimmt noch Probleme geben, wenn die Beziehung eine seiner Ansicht nach ernstere Ebene erreichte.

Aber damit wollte sie sich noch nicht auseinandersetzen, jetzt wollte sie vorwiegend den Augenblick genießen und sich erst dann Gedanken machen, wenn ihr Vater tatsächlich Probleme machte.

Als Marie fertig war, waren weitere fünf Minuten vergangen, die ihr abermals wie eine Ewigkeit vorkamen. Jetzt musste sie noch 55 Minuten warten – nicht zu glauben, dass nur noch so eine kurze Zeitspanne zwischen ihr und einem langersehnten Abend stand. Dass er unvergesslich sein würde, da war sie sich sicher. Bestimmt würden sie sich köstlich amüsieren, viel lachen und eine vergnügliche Zeit miteinander erleben. Vielleicht küsste er sie sogar zum Abschied und sie könnte endlich den Moment erleben, den sie sich schon tausendfach ausgemalt hatte. Würde er sie fest in die Arme schließen und konnte sie dann seine Wärme spüren? Was würden ihre Freundinnen sagen, wenn sie erzählte, dass ein solch stattlicher Mann gerade sie geküsst hatte? Bestimmt würden sie neidisch sein!

„Kannst du endlich aufhören, immer wieder auf und ab zu gehen?! Das macht mich noch verrückt." Marie riss sie unsanft aus den Gedanken, die sich gerade verselbstständigt hatten.

Fast musste sie lachen, wenn sie sich vorstellte, dass irgendjemand gehört hätte, wie weit sie bereits vorausdachte. Aber in dieser Hinsicht siegte Annas Starrsinnigkeit, die sie nur selten nachgeben ließ, wenn sie von einer Sache überzeugt war. Denn es war nun einmal so, dass sie sich Richard und ihre Gefühle für ihn in den Kopf gesetzt hatte und damit hatte sie geistig die Heiratsurkunde bereits unterschrieben. Nur Richard konnte noch daran etwas ändern. Die Angst, dass er anders empfinden könnte, versuchte Anna augenblicklich wieder wegzuschieben.

Ein prüfender Blick an ihr herunter genügte, um zu bestimmen, dass sie das Zimmer verlassen konnte, um unten in der Küche zu warten, denn dort würde sie nicht Gefahr laufen, dass sie das Klopfen überhörte. Sie trug ihr bestes Gewand: ein hellblaues Kleid mit einer weißen Schleife darauf, nur bei den dicken Strümpfen hatte ihr Verstand über die Eitel-

keit gesiegt. Natürlich wollte sie heute nett anzusehen sein und Richard gefallen, aber so weit ging es
nicht, dass sie deswegen die hübscheren, aber sehr
dünnen Strümpfe angezogen hätte.

Bewusst langsam ging sie zur Tür, verließ den
Raum und ging die Treppe hinunter. Beim Trödeln
würde die Zeit vielleicht schneller vergehen.

Unten angekommen sah sie auf die große Küchenuhr. Nun wusste sie genauso wenig mit sich
anzufangen, wie oben im Zimmer. Sie schritt zwischen Herd und Esstisch hin und her, setzte sich in
den Sessel ihres Vaters, der zurzeit so gut wie nie
benutzt wurde, stand wieder auf und schritt wieder
auf und ab.

Irgendwann leistete Marie ihr wieder Gesellschaft, sie waren nur noch zu zweit im Haus, denn
ihre Eltern würden den Jahreswechsel bei Freunden
in Trebnitz verbringen.

Die Minuten zogen sich und die Stickarbeit, die
sie ein paar Tage zuvor begonnen hatte und nun versuchte, wieder aufzunehmen, konnte sie auch nicht
ablenken.

Als sie ein Klopfen vernahm, pochte ihr Herz bis
zum Hals. Sie sprang auf, schleuderte ihre Arbeit
unachtsam auf den Boden und lief zur Tür. Marie sah
ihr kopfschüttelnd hinterher, so viel Aufregung wegen eines Mannes konnte sie nicht nachvollziehen.

Vor der Tür hielt Anna inne, atmete tief ein und aus und im nächsten Moment riss sie die Tür auf und ließ sich von ihren Gefühlen überwältigen.

Er war gekommen, Richard stand vor ihr und strahlte sie an. Er sah zum Verlieben aus, wie der fallende Schnee um ihn herumwirbelte. Er trug einen dicken Mantel und eine dunkle Hose. Seine Augen leuchteten heller, als Anna es in Erinnerung gehabt hatte und überhaupt übertraf er ihre Erinnerungen um einiges. Auf seinen Lippen trug er ein hinreißendes Lächeln, das ihn noch besser aussehen ließ.

Aber Anna ließ sich nicht viel Zeit, ihn zu betrachten, ihre Emotionen schwappten über und brachen den Damm der Selbstbeherrschung. Sie machte das, worauf eine tugendhafte junge Dame normalerweise gewartet hätte. Aber sie scherte sich nicht um unpassendes Verhalten. Richard war nur für sie hier und das machte sie unbeschreiblich glücklich.

Sie fiel ihm um den Hals und küsste ihn auf den Mund. Im ersten Moment versteifte er sich, er schien genauso überrascht über ihr Handeln, wie sie selbst, aber schon im nächsten Moment schloss er seine Arme um sie und erwiderte ihren Kuss.

Ihre Glücksgefühle explodierten in ihrem Inneren und sie wusste, dass sie gerade von ihrer großen Liebe umarmt wurde. Dass sie von ihrem zukünftigen Mann geküsst wurde und vom Vater ihrer zukünftigen Kinder über den Rücken gestreichelt wurde. Der Moment war vollkommen und Anna war so glücklich, wie noch nie zuvor in ihrem Leben. Seine Lippen waren weich und zum ersten Mal nahm sie seinen Geruch wahr, er roch männlich und das passte zu seinen starken Armen, die sie an ihn drückten.

Nur langsam trennten sie sich voneinander, aber er hielt sie weiter in seinen Armen

„Schön, dass du gekommen bist", ihre Stimme wackelte und brach am Ende sogar.

Sie tat sich schwer, wieder in die Realität zurückzufinden. Die stürmischen Gefühle vernebelten ihr den Kopf.

Richard schien es nicht anders zu gehen. „Ja", war das Einzige, was er hervorbrachte.

Dieses Wort aus seinem Mund klang unbeschreiblich rau und bildete kleine Wölkchen in der eisigen Luft. Sie sahen sich in die Augen und die Minuten verstrichen in diesem gefühlsbeladenen Moment.

„Störe ich?" Es war Maries Stimme, die die beiden auf den Boden der Realität zurückbrachte und auseinanderschnellen ließ.

Richard schaute betreten auf seine Schuhe, er war eben Gentleman durch und durch.

Im Gegensatz zu Anna. „Ja, das siehst du ja", war daher ihre patzige Antwort.

Aber nach einem beleidigten Blick ihrer kleinen Schwester seufzte sie und sagte: „Richard, das ist Marie, meine Schwester. Sie wird uns begleiten."

Als Marie Richard die Hand reichte, stockte sie kurz und machte große Augen. Peinlicherweise nickte sie Anna in kindlicher Ehrlichkeit zu und um ihr unpassendes Verhalten noch auf den Gipfel zu treiben, sagte sie auch noch: „Ach, jetzt versteh' ich die ganze Aufregung."

In diesem Moment hätte sie ihre Schwester verwünschen können und sie beschloss, es ihr eines Tages heimzuzahlen.

„Auf geht's! Zu den Steiners ist es nicht weit. Nur die Straße hinunter und dann ist der Hof schon auf der linken Seite, das sind ungefähr fünfzehn Minuten Gehzeit", versuchte Anna, die unangenehme Aussage zu übergehen.

Aber als sie Richard schmunzeln sah, wusste sie, dass ihre Bemühungen umsonst waren.

Schnell zogen sie sich an, Anna den hübscheren Mantel und die schönen Festtagsschuhe, die eigentlich nicht für den Schnee geeignet waren, aber sie hatte die Vernunft über Bord geworfen, der Wunsch, Richard zu gefallen überwog.

Gemeinsam verließen sie den Hof und gingen ein paar Minuten schweigend nebeneinander her. Anna wusste nicht, wo sie mit ihren Erzählungen und Fragen beginnen sollte und Richard war nicht der Typ, dem langes Schweigen unangenehm war. Anna spürte, wie sich die Luft zwischen ihr und Richard auflud, durch das Schweigen wurde es noch intensiver. Sie hätte sich nicht gewundert, wenn sich plötzlich

Funken entwickelt hätten. Sie hatten so viel geschrieben, so viel erzählt und nun fühlte sie sich beinahe schüchtern in seiner Gesellschaft, vor allem nach dieser Begrüßung.

Irgendwann räusperte sich Marie und sagte: „Wie hast du die Feiertage verbracht, Richard? Anna hat uns zu Weihnachten einen einzigartigen Braten gezaubert. Der war herrlich!"

Es schien ihr tatsächlich aufgefallen zu sein, dass sie mit der Aussage vorhin zu weit gegangen war, denn sie versuchte eindeutig, Punkte für Anna zu sammeln. Was sie gerade erzählt hatte, war schlichtweg erfunden. Nicht nur, dass sie keinen Braten gemacht hatte, sie konnte überhaupt nicht kochen und ihre Backkünste beschränkten sich auf den Pflaumenkuchen. Ein Umstand, der Marie sehr wohl bekannt war.

„Ich hab die Feiertage bei meiner Familie in Österreich verbracht. Du hast die ganze Familie verköstigt?", wandte er sich direkt an Anna und schaute ungläubig.

Sie war sich beinahe sicher, in einem der Briefe einmal erwähnt zu haben, dass sie nicht kochen konnte. Die peinlichen Situationen reihten sich aneinander. Sie glaubte, zu spüren, wie sie rot anlief.

„Naja, das Meiste hat unsere Mutter gemacht. Das Tollste an Weihnachten ist aber das Gesicht der Kleineren, wie unserem Bruder. Er ist noch ganz verzaubert von der Stimmung. Ich hatte ja immer ein jüngeres Geschwisterl, dem ich den Weihnachtsglanz in den Augen ablesen konnte", plapperte Anna drauflos.

Sie versuchte, Richards Fokus wieder von der Lüge zu lenken. Marie mochte es ja vielleicht gut meinen, aber damit brockte sie ihr nichts Gutes ein. Falls sie sich irrte und ihm von ihrem fehlenden Können noch nichts erzählt hatte, würde es spätestens dann auffallen, wenn Richard sie heiratete und sie dann den Haushalt führte.

Schon zum zweiten Mal an diesem Tag gingen ihre Gedanken mit ihr durch und sie musste lächeln.

Schnell, bevor er sie etwas fragen konnte, begann sie, von ihren Weihnachten zu erzählen.

Beim Erzählen fing die nervöse Stimmung in ihr an, sich zu verflüchtigen. Richard schien wirklich interessiert zu sein und hörte aufmerksam zu.

So hatten sie den kurzen Weg rasch hinter sich gebracht und waren beim Haus der Steiners angekommen. Es war ein hübsches Haus, an dem sich der Efeu die Mauern hinaufrankte. Es waren schon laute Musik der Harmonika und ausgelassenes Gelächter zu vernehmen.

Das Klopfen sparten sie sich und traten einfach ein.

Marie ging voraus und fiel gleich ihrer Freundin Ilse um den Hals. Sie war ein dünnes Mädchen mit braunen Haaren, vollen Lippen und langen Wimpern und scheinbar auch eingeladen.

Marie und Ilse setzten sich gleich an einen der extra für diesen Anlass aufgestellten Tische.

Anna beschloss, sich höflicher zu verhalten und erst die Gastgeber zu begrüßen. Also hielt sie Ausschau nach Gerhard und Brunhilde Steiner.

Die Tische mit langen Bänken waren eng aneinander gestellt, denn das Haus war nicht viel größer als ihr eigenes. Die Luft war stickig und es war kaum Platz, um sich durch den Raum zu bewegen, der normalerweise die Stube dieses Hauses war. Anna schätzte, dass um die dreißig Personen anwesend waren, aber der Platzmangel schien der ausgelassenen Stimmung nichts abzutun, denn die Leute tranken in großem Maß Bier, scherzten und lachten laut.

Endlich hatte sie die Gastgeber in der hinteren Ecke gefunden und ging mit Richard zu ihnen. Sie musste ihren Unwillen hinunterschlucken, denn Brunhilde pflegte bei solchen Anlässen, viel zu trinken und dann unangenehm im Umgang zu werden. Man versuchte, ihr das nachzusehen und Mitgefühl zu zeigen, denn sie hatte seit einem Unfall mit den Pferden Probleme mit ihren Beinen, da ihr linkes beinahe vollkommen steif und schwer einzusetzen war. Aber oft brachte Brunhilde die Leute, die bei einer Trinkerei mit ihr anwesend waren, mit ihrer Art auf die Palme.

Anna und Richard hatten die beiden nach umständlichem Gedränge erreicht.

Das Ehepaar hatte sich fein herausgeputzt und beide trugen ihr Festtagsgewand. Gerhard sah beinahe aus wie ein Edelmann, wie er da aufrecht neben der etwas pummeligen Brunhilde saß. Vor allem im Vergleich zu seiner Frau war er ein dünner Mann, hatte kurze dunkle Locken, eine etwas größere Nase und blaue Augen. Er hatte eine fröhliche, offene Art und so war es kein Wunder, dass so viele Leute seiner Einladung gefolgt waren.

„Hallo, ihr beiden! Vielen Dank für die alljährliche Einladung, das ist Richard, mein Begleiter." Mit diesen Worten wies sie auf den Besagten.

„Es freut mich sehr und ich möchte mich recht herzlich dafür bedanken, dass ich Anna begleiten durfte und den Jahreswechsel bei Ihnen verbringen darf", sagte er höflich.

Brunhilde schien sehr angetan zu sein, hatte aber schon zu oft auf das neue Jahr angestoßen, dass sie sich nicht mehr angemessen benahm und Richard ungeniert zuzwinkerte.

„Du bist also noch Junggeselle?", fragte sie.

Gerhard war zwar kaum weniger betrunken, aber er schien wenigstens zu merken, dass sich seine Frau unangebracht verhielt.

„Was willst du damit sagen, Brunhilde? Er ist doch eindeutig mit Anna hier und falls du es noch

nicht bemerkt haben solltest, du mit deinem Mann!",
fuhr er sie an.

Anna lachte schadenfroh und bemerkte, dass sogar Richard leicht schmunzelte.

Doch Hilde gab nicht auf. „So hab' ich das überhaupt nicht gemeint, ich versteh' nur nicht, warum so ein gutaussehender junger Mann mit Anna ausgeht. Ihre Cousine Elisabeth wäre viel hübscher und im Haushalt begabter."

Sie lachte laut auf und Anna hätte Lust gehabt, den Bierkrug, der am Tisch stand, zu nehmen und dessen Inhalt in ihr Gesicht zu schütten. Sie bemerkte wie ihr vor Wut die Hitze in den Kopf stieg und sich ihre Augenbrauen zusammenzogen. Sie brachte jedoch kein Wort heraus. Dass Brunhilde sie vor Richard blamierte, war eine Gemeinheit, die sie nicht in Worte fassen konnte.

„Ich kenne ihre Cousine zwar nicht, aber ich bin mir sicher, ich bin mit dem hübschesten Mädel da", vereidigte Richard sie ruhig, was dem Großmaul vor ihnen den Mund offenstehen ließ.

Diese Gegebenheit nahm Anna als Anlass, ihrem Retter mit einer Geste zu verstehen zu geben, das Gespräch zu beenden und sich abermals durch den Raum zu drängen, um einen Tisch zu finden, der sich möglichst weit weg befand. Erfreut konnte sie noch vernehmen, dass Gerhard seine Frau lautstark für ihr Benehmen zurechtwies, bevor sie außer Hörweite waren und einen Platz fanden. Sie mussten sich auf einer Bank eng aneinander schmiegen, um sich zwischen den Anwesenden hinsetzen zu können. Richards Nähe war Anna nur allzu bewusst, sie spürte die Berührung ihrer Knie und der Schultern in jeder Faser ihres Körpers.

„Das ist ja eine äußerst reizende Frau", murmelte Richard.

„Sie ist an sich eine nette Frau, sollte aber ihre Finger vom Alkohol lassen", bestätigte Anna.

„Lass uns diesen Zwischenfall vergessen und lieber den Abend genießen", sagte er und ergriff ihre Hand, die sie unter dem Tisch zu einer Faust geballt hatte.

Sofort vergaß sie ihre Wut und konnte sich nur noch auf ihre Finger konzentrieren. Er hatte kalte Hände, aber die Berührung sandte ein warmes Gefühl aus, das sich schnell bis in ihre Zehenspitzen ausgebreitet hatte. Sie öffnete die Hand, drehte sie leicht, dass sie ihre Finger mit seinen verschränken konnte und sah ihn an. Es war ein intensiver Moment und Anna verlor sich in seinem Blick, der so viel zu sagen schien.

„Anna! Wen hast du denn da mitgebracht?"

Die Stimme holte sie wieder auf die Erde zurück und sie musste ein paar Mal blinzeln, um die Orientierung wiederzufinden. Erst jetzt bemerkte sie, dass sie sich ja im Umkreis von Bekannten und Freunden befand und dass ihnen gegenüber Karin saß, ein Mädchen, das mit Anna zur Schule gegangen war.

Die beiden hatten sich immer gut verstanden und Karin hatte unter ihren dunklen Locken einiges zu bieten. Sie war schon immer die ehrgeizigere und fleißigere gewesen. Sie träumte davon, eines Tages das Dorf zu verlassen, um in Berlin zu arbeiten.

Anna fühlte sich gleich wieder etwas unsicher neben ihrer Freundin. Karin war einfach hübscher anzusehen, mit ihrer niedlichen Nase und den grünen Augen.

„Das ist Richard, mein Begleiter. Richard das ist Karin, sie ist mit mir zur Schule gegangen."

Hatte sie gerade das „mein" zu laut betont? Oder hatte es sich nur in ihren Ohren so angehört? Ihre Wangen brannten, lief sie schon wieder rot an?

„Es freut mich sehr, Freundinnen von Anna kennenzulernen."

Warum musste er gleich so höflich sein? Fand er Karin hübscher als sie? Unsicher sah sie zu Richard und schreckte sich ein bisschen, als sie bemerkte, dass er seinen Blick überhaupt nicht von ihrem Gesicht genommen hatte. Er lächelte ihr zu, schien überhaupt keine Augen für Karin zu haben. Innerlich schüttelte Anna über sich selbst den Kopf.

Sie stellte Richard den übrigen vor und erklärte ihm, wer ihre unmittelbaren Sitznachbarn waren.

Es wurde ein sehr vergnüglicher Abend, an dem viel getanzt, gelacht und getrunken wurde. Anna wurde immer übermütiger. Sie wollte nur im Hier und Jetzt leben und nicht daran denken, dass Richard schon am nächsten Morgen zurück ins Sudetengebirge zu seinen Truppen musste. Sie scherzten viel und alberten herum. Um Mitternacht drückte er ganz fest ihre Hand, die sie immer noch heimlich unter dem Tisch mit seiner verschränkt hielt. Die Festgesellschaft löste sich für ihren Geschmack viel zu schnell auf. Sogar Marie war schon nach Hause gegangen und irgendwann war es auch für sie Zeit, zu gehen.

Schweren Herzens stand Anna vom Tisch auf und Richard folgte ihr.

Sie verabschiedeten sich noch von Gerhard (Hilde war glücklicherweise schon schlafen gegangen), der trotz seines betrunkenen Zustands noch beteuerte, dass er sich sehr gefreut habe, Richard kennengelernt zu haben.

An der Tür hielt Richard ihr den Mantel so, dass sie hineinschlupfen konnte.

„Darf ich bitten, gnädiges Fräulein?" In seinem Gesicht lag ein vergnügter Ausdruck, aber Anna war nicht mehr nach Lachen zumute, wusste sie doch, dass mit der Nacht auch ihr Liebster verschwand.

So ließ sie sich nur dankend von ihm in den Mantel helfen und zog die Tür auf. Die eine Hand ließ er einfach auf ihrer Hüfte liegen und so schlenderten sie vom Hof.

Nach ein paar Metern verfluchte sie ihre leichten Schuhe, die sofort klitschnass waren. Beim Hinweg war sie viel zu aufgekratzt gewesen, um diesen Umstand zu bemerken. Die Kälte in den Füßen breitete sich rasch aus und bald zitterte sie am ganzen Leib. Sie versuchte, sich möglichst nahe an Richard zu drücken, um ein bisschen Wärme zu erhaschen.

„Du frierst ja", bemerkte er.

„Ja, meine Füße sind ganz nass. Aber vor allem bin ich traurig, dass du schon wieder so gut wie fort bist".

Er blieb stehen und hielt auch sie an, wandte sich ihr zu, sah ihr tief in die Augen und küsste sie. Dieser Kuss war nicht so stürmisch und voller Begierde wie ihr erster, er war zärtlich und voller Liebe. Er legte seine Lippen einmal, zweimal und ein drittes Mal auf die ihren und danach nahm er sie wieder in den Arm.

„Bitte sei nicht traurig, sei die fröhliche Anna, die mir so gefällt und lass uns die Zeit, die uns verbleibt, genießen", meinte er sanft.

Aber sie konnte ihre Gefühle nicht so einfach ändern, in diesem Moment spürte sie, was sie wieder vermissen würde.

Im nächsten Augenblick wurde sie abgelenkt, als sie ihn leise lachen hörte. Plötzlich verlor sie den Boden unter den nassen Füßen. Er hob sie einfach hoch, bis sie nur noch in seinen Armen lag.

Dass sie von seiner Stärke beeindruckt war, quittierte sie mit einem lauten: „He, lass mich herunter!", entkräftete den Einwand aber mit einem Lachen.

„So bekommst du keine nassen Füße mehr und du wirst nicht krank", rief er voll Heiterkeit.

„Das macht natürlich Sinn", ergab sie sich immer noch kichernd und schloss ihre Arme um seinen Nacken, um ihm ein bisschen der Last zu nehmen.

So trug er sie scherzend zu ihrem Hof, wo er doch etwas atemlos ankam und sie vor ihrer Tür absetzte. Mit wackligen Beinen spürte sie wieder den nassen Untergrund. So stand sie da, immer noch die Arme um seinen Hals geschlungen und war noch nicht bereit, ihn loszulassen. Sie hatte das Gefühl, dass er verschwinden würde, wenn sie ihn losließ und so war es ja auch. So klammerte sie sich fest an seinen Hals.

„Du wirst mir fehlen", sagte sie leise und spürte, wie sich der Kummer wieder in ihr ausbreitete.

Sie wollte ihn nicht schon wieder verlieren. Es war so schön, mit ihm Zeit zu verbringen. Warum schenkte ihnen das Schicksal nicht mehr davon? Warum musste er wieder fort?

„Du mir auch, aber wenn du mich weiter so fest hältst, werde ich nicht gehen können."

„Das ist ja auch der Sinn daran!"

Nun konnte sie ihre Trauer nicht mehr zurückhalten und fing an, zu schluchzen. Er würde gleich wieder fort sein und sie zurücklassen. Das Gefühl des Verlusts war stark. Es ist kein Abschied für immer, versuchte sie sich einzureden, war aber nicht sehr erfolgreich. Wer wusste schon, wann sie sich wiedersehen würden? Würde es Wochen dauern, oder Monate oder gar Jahre, bis sie ihn wieder in den Armen halten konnte?

„Versprich mir, dass du auf dich achtgibst und wiederkommst", bat sie ihn.

Sie wollte sich nicht ausmalen, wie es wäre, wenn dieses Treffen das letzte gewesen sein sollte.

Bei dem Gedanken kamen ihr die Tränen. Er strich ihr über das Gesicht, fing die erste Träne auf und wischte sie weg. Intensiv sah sie ihn an, versuchte, sich jedes Stückchen von ihm einzuprägen, sie wollte sein Antlitz nicht vergessen. Der Gedanke, dass wenn er jetzt ging, er für sie lange nur noch eine Erinnerung war, berührte sie sehr.

„Ich verspreche es. Ich freue mich schon sehr auf einen Brief von dir. Wir sehen uns bestimmt bald wieder. Pass auch gut auf dich auf."

Voller Verzweiflung streckte sie sich und küsste ihn noch ein letztes Mal. Er erwiderte es voll Inbrunst. Fest drückte sie ihn an sich, genoss seine Nähe. Es fühlte sich so gut an und so falsch, dass sie darauf würde verzichten müssen.

Sie lösten sich voneinander, sie ließ ihn tapfer los und ging einen kleinen Schritt zurück. Die Kälte kroch in sie. Sofort sehnte sie sich wieder nach seiner Nähe und Wärme.

„Und jetzt geh, sonst lass' ich dich nie wieder fort."

In seinen Augen blitzte der Schmerz, aber sie hatte keine Gelegenheit, ihn länger zu betrachten. Blitzschnell gab er ihr noch einen Kuss, drehte sich um und rannte davon.

„Bis bald, Anna!", rief er noch, bevor er außer Hörweite war.

Sie versuchte, ihm zu glauben, aber konnte nicht, ihre Verzweiflung war zu groß. Die Tränen rannen nun in Strömen über ihre Wangen und sie fühlte sich zurückgelassen und elend. Sie zitterte wieder und schlang sich die Arme um den Leib, um sich selbst Trost zu spenden. Schon wieder hatte sie sich vor ihrem Haus von ihm verabschieden müssen und sie hatte das Gefühl, dass es diesmal länger dauern würde, bis er wieder zu ihr zurückkehren würde.

Mit diesen Ängsten sollte sie Recht behalten.

***

Fast ein ganzes Jahr war vergangen und sie hatte Richard nicht wiedergesehen. Nur die Briefe blieben als einziger Kontakt. Er war inzwischen in Griechenland stationiert worden, auf Kreta, und Urlaub oder freie Tage gab es nicht.

Denn sie befanden sich mitten im Krieg, der vollkommen anders war, als man zu Anfang erwartet hatte. Anna musste viel arbeiten und oft kam sie dadurch an ihre Grenzen, aber sie hatte Glück mit ihrer Familie und dem Hof, denn sie musste keinen Hunger leiden wie viele andere. Noch hatte der Krieg sie nicht erreicht, aber er griff in ganz Europa um sich und überall, auch in ihrem Dorf, machten sich die Leute Sorgen um ihr Wohlergehen. Man konnte nur noch mit Essensmarken einkaufen, wenn es überhaupt etwas gab und half durchziehenden Flüchtlinge so gut es ging.

Glücklicherweise war Richard nicht an der Front stationiert und seine Aufgabe bestand weiterhin darin, Funkfeuer zu geben.

Mit ihrem Vater hatte die Familie nicht so viel Kontakt, er musste mit seiner Truppe weit in den Norden, das Briefeschreiben war nicht immer möglich. Anna war unbeschreiblich froh, dass es für Richard einfacher war. Fast jede zweite Woche bekam sie einen Brief, der ihr seine Treue und Sehnsucht beteuerte. Sie vermisste ihn sehr und hatte Angst, langsam zu vergessen, wie es war, in seiner Nähe zu sein. Das Treffen vor einem Jahr kam ihr so unendlich fern vor, ihre Erinnerung daran wurde immer lückenhafter. Wie hatte er sich angefühlt oder gerochen? Wie hatten seine Lippen geschmeckt und sich seine Umarmung angefühlt? Wie klang seine Stimme? Es war so schwierig, sich solche Dinge über einen so langen Zeitraum zu merken. Wenn er zurückkehrte, würde er derselbe sein? Hatte sie sich verändert und wenn ja, würde er sie immer noch mögen? So sehr wollte sie ihn wieder bei sich haben, mit eigenen Augen davon überzeugen können, dass es ihm gut ging und dass sie noch zusammengehörten.

Im Dezember durfte ihr Vater nach Hause und die Feiertage mit ihnen verbringen. Er schien verändert, während der Feierlichkeiten sehr abwesend, sein Körper war ausgezehrt und oft brauste er wegen einer Kleinigkeit auf. Geschenke gab es nur für Marie und den kleinen Franz, Anna freute sich trotz allem, dass ihr Vater da war, es ein einfaches Essen gab und dass sie einen Brief von Richard bekommen hatte.

Im Jänner schneite es beinahe eine Woche durchgehend. Ein Pferd wurde krank und starb, weil kein Tierarzt aufzutreiben war und die angewandten Hausmittel nicht halfen. Franz freute sich, dass die Schule für etliche Tage geschlossen wurde und Marie zog sich eine hartnäckige Verkühlung zu. Gut, dass sie im Sommer Lindenblüten, Kamillen und andere Kräuter gesammelt hatten. So konnte Marie wieder gesund werden, ohne dass der Arzt geholt werden musste.

Der Februar brachte nur wenig Erwärmung mit sich. Immer noch schneite es oft und sie mussten das Dach freischaufeln, um die Gefahr zu bannen, dass es zusammenbrach. Eine benachbarte Familie bekam die Nachricht, dass der älteste Sohn gefallen war. Man versuchte, die Familie zu unterstützen, wo es nur ging.

Im März begann die Arbeit auf den Feldern. Es hatte keinen Sinn, zu klagen, jeder Hof im Dorf hatte sein Schicksal zu meistern. Sie war froh, ihre Mutter unterstützen zu können und die immer wieder eintreffenden Briefe von Richard waren für sie wie Balsam, ein Lichtblick, der den grauen Alltag erträglicher machte und Sorgen verschwinden lassen konnte.

Der April kam und die Briefe von Richard blieben aus. Sie machte sich schreckliche Sorgen um ihn. Sie hatte ihn nun fünfzehn Monate nicht mehr gesehen, aber sie zweifelte nie an ihren Gefühlen für ihn. In ihrer Not und Sorge verfasste sie einen Brief an ihn, in dem sie beteuerte, keinen Tag mehr ohne ihn auszuhalten, dass sie ihn brauchte und vermisste.

Im Mai kam die Sonne und mit der Sonne eine Antwort von Richard. Anna strahlte mehr als der Feuerball am Himmel, als sie las, dass ihr Liebster im Sommer nicht nur Urlaub bekam, sondern ihn mit ihr verbringen wollte. Eine ganze Woche würde er sie im August besuchen kommen. Sie wusste nicht, wie sie noch drei Monate durchhalten sollte.

Die Arbeitsmenge im Juni war enorm. Sie mussten alle zusammenhelfen und anpacken, sogar Marie konnte sich, wie sonst so oft, nicht einfach davonstehlen und sich drücken. Aber Anna zählte die Tage bis zur zweiten Augustwoche, in der Richard wiederkommen sollte.

Immer mehr Todesmeldungen kamen im Juli. Der Krieg machte immer noch keine Anstalten, ein Ende zu finden, er breitete sich immer weiter aus. Annas Vorfreude stand im starken Gegensatz zur Stimmung auf der ganzen Welt. Nur noch ein paar Wochen trennten sie von Richard, dem Mann, an den sie jeden Tag dachte und das schon seit über zwei Jahren.

***

August 1941

Sie atmete schwer und verfluchte sich zum hundertsten Mal an diesem Tag. Wie hatte sie sich in der Zeit so verschätzen können? Seit eineinhalb Jahren wartete sie nun schon sehnsüchtig auf diesen Moment und nun trödelte sie herum.

Sie trat fester in die Pedale und versuchte, Zeit aufzuholen. Sie hatte den Aufwand am Feld heute unterschätzt und musste dabei zusehen, wie die Zeit verronnen war. Als sie endlich fertig gewesen war, hatte sie sich nur noch in aller Schnelle umziehen können und sich auf das Rad schwingen, um nun wie eine Verrückte zum Bahnhof zu sausen.

Die Vorfreude ließ ihr Herz so schnell und laut schlagen, dass sie dazu Polka hätte tanzen können. Mit dem Ziel kam Richard näher und das ließ sie beinahe fliegen.

Als sie endlich ankam, sprang sie ab und lehnte das Rad schnell an den weißen Zaun, der das kleine Bahnhofshäuschen umrandete. Es war nur eine kleine Station, mit Schienen in entgegengesetzte Richtungen, betonierten Flächen links und rechts als Warteplätze mit jeweils ein paar Bänken, die den Reisenden oder jenen, die diese abholten, Gelegenheit schufen, sich auszuruhen. Sie hatte eigentlich den Plan gehabt, auf einer der hölzernen Bänke Platz zu nehmen und zu warten, aber nun kam vermutlich Richard diese Rolle zu.

Wenn sie jetzt um das Häuschen ging, würde sie endlich in seine Arme fallen können. Ihre Hände zitterten, ihr Atem ging schnell und ihre Beine waren weich wie Pudding. Unsicher blieb sie vor der Ecke stehen und sah noch einmal an sich herunter, ob das schöne geblümte Kleid, das sie sich von Marie geborgt hatte, noch saß und strich den Rock glatt. Mit dem Ärmel der Weste wischte sie sich den Schweiß aus dem Gesicht und atmete tief durch. Sie straffte ihre Schultern und bog um die Ecke, ohne noch weiter nachzudenken.

Und da stand er.

Er war unter das hervorstehende Dach des Hauses getreten, bestimmt, um der heißen Sonne zu entfliehen und den Koffer hatte er neben sich abgestellt. Kurz überkam sie ein schlechtes Gewissen, dass sie ihn hatte warten lassen, aber als ihr Blick auf sein Gesicht fiel, war alles vergessen. Die Hektik des Tages, die Hitze, die lange Zeit, die sie getrennt gewesen waren und die Leere, die sie deswegen befallen hatte.

Er sah sie an und in diesem Blick fand sie all das widergespiegelt, was sie selbst empfand. Seine Augen leuchteten mit einer Freude, die sie nachvollziehen konnte. Er trug ein weißes Hemd, wie immer hatte er auf ein tadelloses Auftreten Wert gelegt. Die dunklen Haare waren kürzer geschnitten, als bei ihrem letzten Treffen, das so weit in der Vergangenheit lag. Sein Gesicht war braun gebrannt, er lächelte und strahlte ihr entgegen.

Beide standen einfach nur da, waren nicht fähig, sich zu bewegen und dem Moment ein Ende zu setzen.

Sie wusste nicht, wie viel Zeit verging, die Vögel zwitscherten und ein leichter Wind wehte um sie herum, aber alles war seltsam weit weg, sie fühlte sich wie in einer Seifenblase, bis er einen Schritt auf sie zu machte und sie danach einen auf ihn.

Dann fiel die Starre von ihr ab und sie hatte das Bedürfnis, ihn ganz nahe bei sich zu haben, wollte ihn spüren, ihn umarmen. So schnell sie ihre Beine trugen, lief Anna auf Richard zu, um endlich bei ihm zu sein. Er rannte ihr entgegen und als sie sich in seine Arme warf, schien der Augenblick vollkommen. Sie drehten sich gemeinsam um die eigene Achse und küssten sich, bis sie keine Luft mehr bekamen. Alles fiel von ihr ab, die Sorgen, Ängste und Unsicherheiten.

„Ich hab' dich so vermisst", flüsterte er ihr ins Ohr und drückte sie, bis sie meinte, ihre Knochen knacken zu hören.

So fing die glücklichste Woche in Annas bisherigem Leben an. Ihre Familie empfing Richard mit offenen Armen. Vater war an der Front, was die Situation entspannte. Zwar wusste er inzwischen von diesem „unbekannten Österreicher mit den schönen Augen", ignorierte diese Tatsache aber völlig.

Richard half ihr bei ihren Arbeiten, damit sie anschließend die Freizeit genießen konnten. Sie machten Ausflüge mit dem Rad, spazierten Hand in Hand in der Natur und machten das, wonach ihnen war. Eine ganze Woche verbrachten sie im absoluten Glück, mit Gelächter und Späßen, die sie trieben. Ihre Mutter mochte ihn sehr, schätze seine Höflichkeit und ruhige Art. Er schlief auf der Ofenbank und beschwerte sich nie wegen des fehlenden Komforts.

Wenn sie am Abend in ihrem Bett lag, war sie sich nur zu bewusst, wie nah er ihr war und oft stellte sie sich vor, wie sie zu ihm schleichen würde, um in seinen starken Armen einzuschlafen. Aber der Gedanke, ihn am nächsten Morgen wiedersehen zu dürfen, war des Glückes genug, sie schlief mit einem Lächeln ein und erwachte mit demselben.

Viel zu schnell kam der Abschied und Anna weinte einen ganzen Tag, als Richard wieder fort war.

Sie versuchte, sich das Glück im Herzen zu bewahren, aber es war schwierig, es nicht von den Umständen verdrängen zu lassen. Es war eine Zeit der harten Arbeit, voller Entbehrungen und vor allem für Anna eine Zeit des Wartens. Ihr Leben schien aus kurzen Phasen des Glücks zu bestehen und die Zeit dazwischen, die sich ins Endlose zog und doch an ihr vorbeirauschte, ohne wirklich gelebt zu werden.

Wieder waren die Briefe die Freuden dieser Zeit, in der sie sich nicht vollständig fühlte.

Sie hatte erfahren dürfen wie es war, glücklich zu zweit Arm in Arm zu lachen und das Leben zu genießen und sie wollte mehr davon. Ihr früheres Leben schien leer und bedeutungslos, denn nun wollte sie alles, sie wollte Richard bei sich, sie wollte Liebe und Glück und seit sie ihn kannte, schien das nicht möglich zu sein, ohne ihn.

Ein weiteres Jahr verstrich, bis er wieder kam.

***

Sommer 1942

„Wo bringst du mich hin?" Richards Stimme klang amüsiert, als sie ihn an der Hand hinter sich herzog.

„Ich will dir ein Stückchen Kindheit von mir zeigen." Auch Annas Laune war bestens.

Es war ein sonniger Tag im Juli, an dem keine Wolke am Himmel zu sehen war. Die Luft war angenehm warm und nachdem es in der Nacht geregnet hatte, roch es im Wald frisch und feucht nach nasser Erde, Wiese und Holz.

„Deswegen müssen wir diesen schweren Anstieg wagen?", fragte er belustigt.

Der Hügel, auf den sie ihn führte, war gerade einmal ein oder zwei Duzend Meter hoch, aber in dieser flachen Gegend beinahe der höchste. Deswegen musste Anna über Richards Kommentar lachen und rutschte dabei fast auf einem feuchten Stück Holz aus. Geschickt erwischte er sie gerade noch am Arm und musste nun seinerseits lachen.

„Gib Acht beim Bergsteigen", lachte er sie aus.

„Sehr lustig", tat sie eingeschnappt, musste aber gleichzeitig grinsen.

„Sagst du mir jetzt, wo wir genau sind", ließ er nicht locker.

„Geduld ist eine Tugend", schalt sie ihn.

Hand in Hand gingen sie weiter bergauf, Anna hatte extra den Weg gewählt, an dem man die schöne Aussicht auf der anderen Seite nicht erkennen konnte.

Weit hatten sie es nicht mehr. Nur noch an ein paar größeren Büschen vorbei, wobei er galant vorausging, um ihr die Äste beiseite zu ziehen.

Im nächsten Moment traten sie aus dem Wald heraus und konnten den sanft abfallenden Hügel vor sich erkennen und dahinter weit ins Land schauen.

„Schön!" Richard schien ehrlich begeistert und schlang seine Arme von hinten um sie.

„Das ist der Mühlberg. Hier sind wir als Kinder immer zum Schlittenfahren heraufgekommen. Franz macht das immer noch. Ich wollte dir den schönen Ausblick zeigen."

Von dem Hügel aus sah man Weizenfelder, grüne Wiesen, vereinzelte Bauernhäuser mit grasenden Tieren, hie und da waren hohe, dunkle Büsche oder Bäume zu erkennen. Die Landschaft wurde von Wegen durchzogen, die man aber in weiter Ferne nicht mehr erkennen konnte und ein Fluss schlängelte sich durch die Ebene. Es war ein schöner Anblick, so friedlich und still.

Man hätte nicht erahnen können, wie die Stimmung in der Welt und den kleinen Häusern war.

„Ich glaube, hier ist der passende Ort und Moment dafür", sprach Richard in Rätseln.

„Wofür?" Anna war vollkommen in den schönen Ausblick versunken gewesen und drehte sich nun verwirrt zu ihm um. Ihre Verwirrung wuchs, als sie den Ausdruck in Richards Augen sah. Sie strahlten Unsicherheit aus und vermieden sogar ihren Blick.

War alles in Ordnung mit ihm? Als er auch noch anfing, unruhig von einem Fuß auf den anderen zu steigen, verstärkte sich ihr Eindruck.

„Geht es dir nicht gut?", fragte Anna besorgt.

Viel zu schnell nickte er und räusperte sich mehrmals. Irgendetwas stimmte hier nicht. Er öffnete den Mund, wohl, um ihr zu beteuern, dass es ihm gut ging, aber so weit kam es nicht. Denn es kam nur ein seltsamer Ton über die Lippen, der keine Gemeinsamkeit mit dem Laut eines Wortes ihrer Sprache hatte.

„Mir geht es gut", brachte er nun doch heraus.

Er nahm seine Hände von ihrer Hüfte und blickte sie an. Seine Augen straften ihn Lügen, aber sie waren blauer als der Sommerhimmel und brachten sie um den Verstand. Sie tauchte ein und war in seinem Blick, in einer glücklichen Welt zu Hause und vergaß, was sie gerade besprochen hatten.

Sie schreckte hoch und war wieder ganz bei sich, als sie sah, was er im nächsten Moment machte. Er ging einen kleinen Schritt zurück und brachte damit mehr Abstand zwischen sie. Dann machte er vor ihr einen Kniefall.

Ihre Gedanken überschlugen sich. Ein Kniefall? Das konnte nur eines bedeuten. War das wirklich wahr? Würde ihr sehnlichster Wunsch in Erfüllung gehen? Das Herz klopfte laut und sie schlug ihre Hände vors Gesicht.

„Richard, ich…", begann sie, vor lauter Aufregung.

Wollte er um ihre Hand anhalten? Um *ihre*?

„Würdest du mich bitte einmal sagen lassen, was ich zu sagen habe?"

Er lächelte sie scheu an und wirkte ganz und gar nicht aufrecht und würdevoll wie sonst, sondern nervös und unruhig. Wieder musste er sich räuspern, um seine Stimme wiederzufinden. Seine Finger spielten miteinander und zitterten dabei.

„Anna, ich liebe dich. Ich will nicht mehr ohne dich leben. Willst du mich heiraten?"

Sie musste keine Minute, keine Sekunde, keinen Augenblick nachdenken. Das Leben, das sie sich für ihre Zukunft gewünscht hatte, schien in greifbarer Nähe. Noch nie war sie so glücklich gewesen. Sie musste sich nicht räuspern, das Antworten fiel ihr leicht.

„Ja, natürlich!", rief sie laut, beinahe schrie sie es in die Welt hinein.

Die Anspannung schien von seinem Körper genommen, denn er strahlte sie an, immer noch kniend.

Ihre Gefühle schwappten über, sie sprang ihn ungelenk an und warf ihn damit um. Er schloss fest seine Arme um sie und sie ihre um ihn. Lachend rollten sie über die Wiese und küssten sich wild und glücklich wie beim ersten Mal.

Beim Abstieg fühlte Anna sich wie eine andere Frau.

Sie würde bald jemandes Frau sein – und nicht irgendjemandes, sondern Richards. Der Mann, der ihr vom ersten Moment an den Kopf verdreht hatte, und nun nach Jahren immer noch dieselben Gefühle in ihr auslöste.

Nur ein Gedanke überschattete ihr Glück, der ihr nicht aus dem Kopf wollte. Sogar wenn sie ihn hätte verdrängen können, irgendwann mussten sie sich damit auseinandersetzen.

Was würde ihr Vater sagen?

Als Richard an diesem Morgen angekommen war, hatte der Vater ihn schlichtweg ignoriert. Er war nicht auf seine höfliche Begrüßung eingegangen und einfach aufs Feld verschwunden. Kopfschüttelnd hatte die Mutter ihm hinterhergesehen und gemeint, mit genügend Zeit würde er sich wieder beruhigen. Leider würden sie ihm diese Zeit nicht mehr geben können, denn wenn Richard sie am übernächsten Tag wieder verließ, wollte er die Zustimmung ihres Vaters zur Verlobung bereits eingeholt haben.

„Falls dein Vater schon im Haus ist, werde ich bei ihm gleich um deine Hand anhalten, wenn wir hinkommen."

Anna nickte nur, sie wollte ihm ihre Nervosität nicht allzu deutlich zeigen, um ihn nicht zu verschrecken. Sie spielte nervös mit dem Band ihrer Schürze, die sie umgebunden hatte.

Viel schneller, als ihr recht war, hatten sie den Abstieg gemeistert, es war einfach kein großer Hügel. Jetzt mussten sie nur noch einen Feldweg hinter sich bringen und dann würde sie sich der Kritik ihres Vaters stellen müssen. Noch lag ihr Zuhause recht klein in der Ferne, aber es wurde bedrohlich schnell größer.

Richard streichelte ihr über den Rücken, aber selbst seine Berührung mochte ihre Nervosität nicht zügeln. Je näher das Haus kam, umso größer wurden ihre Sorgen. Wenn ihr Vater gegen die Verlobung war, hätte es die Tradition nicht erlaubt, sie durchzuführen. Aber vielleicht unterschätzte sie ja das Herz ihres Vaters und er würde einwilligen. Er würde ihr doch nicht die Liebe ihres Lebens ruinieren wollen? Sie konnte sich nicht sicher sein, zu gut kannte sie ihren Vater.

Schon waren sie am Hintereingang des Hauses. Jetzt blieb nur noch zu hoffen, dass der Vater noch am Feld war, um die Schonfrist noch zu verlängern, aber dann hätten sie ihn eigentlich sehen müssen.

Als sie die Tür zum Haus öffnete, wurde ihre Hoffnung zerstört. Deutlich vernahm sie seine Stimme aus der Küche.

Richard straffte seine Schultern und atmete tief ein, schien aber gefasster, als in dem Moment, als er bei Anna um ihre Hand angehalten hatte. Sie hoffte, dass er sich in seiner Zuversicht nicht irrte.

Er ging voran in die Küche, Anna folgte ihm.

Der Vater saß wie gewohnt in seinem Sessel, eine Zeitung in der Hand. Er würdigte sie keines Blickes und Anna spürte Unmut in sich aufsteigen. Sie hatten einen Gast!

Zu ihrer Erleichterung war auch ihre Mutter anwesend, die von den Kartoffeln, die sie gerade schälte, aufschaute und sie beide anlächelte, als sie eintraten.

Richard räusperte sich und gewann damit die Aufmerksamkeit ihres Vaters. Er hob genervt den Blick.

„Guten Tag, Herr Messler, ich hätte ein wichtiges Anliegen an Sie", begann Richard wie gewohnt höflich.

Die Mutter strahlte über das ganze Gesicht, sie schien zu vermuten, was nun kommen würde.

Leider veränderte sich auch der Ausdruck im Gesicht des Vaters, zum Leidwesen Annas aber nicht in gleicher Art und Weise, wie das ihrer Mutter. Es verfinsterte sich und er zog die Augenbrauen streng zusammen.

Er stand auf und ging auf Richard zu, womöglich, um ihn einzuschüchtern, aber dieser blieb mit festem Stand an gleicher Stelle.

„Das kann ich dir gleich ersparen, Junge. Wenn du um die Hand meiner Tochter anhalten willst, sag' ich dir gleich im Vorhinein: nein, das gestatte ich niemals."

Richards Mund blieb offen stehen und er schien perplex. Er wusste scheinbar nicht, wie er auf die Antwort auf eine noch nicht einmal gestellte Frage reagieren sollte. Niemand sagte ein Wort, die Mutter schaute traurig und wütend. Sie schien aber nicht die Absicht zu haben, sich in diesem wichtigen Moment für das Liebespaar einzusetzen.

Anna atmete tief ein und aus. Sie sollte Ruhe bewahren und sich sammeln, aber sie spürte, wie Wut und Trotz in ihr hochkamen. Wenn sie nun nicht besonnen reagierte, konnte sie alles verlieren.

Noch einmal atmete sie tief. *Ruhe bewahren*, sagte sie sich leise. Sie musste nachdenken, musste ihren Vater umstimmen und Richard ermutigen.

Aber diese Gedanken wurden immer leiser und leiser und sie konnte sich auf nichts anderes mehr konzentrieren, als auf das Gesicht ihres Vaters, das sie in diesem Moment hasste.

Er wollte ihr Leben zerstören, sie als seinen Knecht auf dem Hof behalten und gönnte ihr nicht ihr Glück. Wollte er, dass sie ihr Leben lang ledig blieb? Ohne jemanden, der sie liebte und sie zur Frau nahm? Sollte sie für immer alleine bleiben? War es das, was er sich für sie wünschte? Warum konnte er es nicht ertragen, dass sie glücklich war, warum tat er ihr das an?

Aus dem Augenwinkel sah sie, wie Richard einen kleinen Schritt zurück machte. Ergab er sich einfach dem Urteil ihres Vaters?

Sie konnte sich keine Sekunde mehr zurückhalten und schrie mit all der Kraft, die sie in sich hatte, „Aber *warum*?!".

Der Vater wandte sich ihr zu und sie sah an seiner Schläfe eine vor Wut pochende Ader.

Er sagte zwei Sekunden nichts, sein Gesicht bekam langsam eine tiefrote Farbe.

Aber Anna zog nicht den Kopf ein, sie verschränkte die Arme, um ihre zitternden Finger zu verbergen und biss ihre Zähne so fest zusammen, dass sie es knirschen hörte.

„Bist du wahnsinnig, mich so anzubrüllen? Bring mir gefälligst den Respekt entgegen, der mir zusteht!" die Stimme ihres Vaters war während des Sprechens bedrohlich leise geworden.

Aber sie dachte nicht daran, sich zu beruhigen. Der Mann vor ihr war gerade dabei, ihr das Wichtigste zu nehmen und das würde sie nicht zulassen.

„Ich will wissen, warum du mein Leben zerstören willst", wiederholte sie fordernd, nun genauso leise und wutentbrannt wie er.

Sie fühlte sich in ihrer Wut stark, aber auch nicht fähig, ruhig und bedacht an die Sache heranzugehen. Das Bedürfnis machte sich in ihr breit, etwas zu zerstören, zu schreien und zu toben. Mit aller Macht versuchte sie, es wieder hinunterzudrängen, das würde sie in diesem Moment bestimmt nicht weiterbringen.

„Es gibt viele Gründe, meine Tochter. Richard ist ein Fremder, ein Ausländer, von dem ich mir nicht unsere Familie zerstören lassen werde."

Dass er von ihrem Liebsten sprach, als wäre er nicht im Raum, ließ Anna beinahe aufschreien.

Ungerührt fuhr er fort: „Ich werde verhindern, dass du einen Bäcker heiratest, uns dann den Rücken zukehrst und damit kaputtmachst, was wir aufgebaut haben."

Laut stöhnte Anna auf. Da hatte er es selbst gesagt, nur wegen des eigenen Vorteils wollte er sie nicht gehen lassen.

Aber der Vater beließ es nicht dabei. „Das Schlimmste aber ist, er ist nicht einmal evangelisch, wie stellst du dir das also vor?"

Damit beendete er seinen Vortrag und es wurde still.

Anna strich sich mit beiden Händen über das Gesicht. Sie hörte, wie Richard sich auf sie zu bewegte, sich hinter sie stellte. Sie spürte, wie er seine Hand leicht auf ihre Schulter legte.

Falls er sie mit dieser Geste beschwichtigen wollte, hatte er nicht den gewünschten Erfolg. Mit seiner Berührung fühlte sie sich stark und bestätigt. Sie würde ihn nicht aufgeben, alles für ihn tun und riskieren. Ihr Vater konnte sie weder schockieren, noch ihre Gefühle für Richard schmälern. Sie war sich sicher und Anna konnte mit ihrem Sturkopf Wände einrennen, wenn sie es wollte.

Ein Gedanke formte sich in ihrem Inneren und wurde klar für sie: sie liebte Richard und er sie, nichts auf der Welt konnte sie von ihm fernhalten.

Ihre Wut verpuffte, alles war nun einfach und klar.

Noch weiter richtete sie sich auf und reckte ihrem Vater das Kinn entgegen. Sie würde keine Frage stellen, sie würde nicht mehr um Erlaubnis oder Einwilligung bitten.

Ihre Stimme war weder laut noch zornig, denn sie hatte keinen Grund mehr, zu streiten oder zu diskutieren, für sie war es nun entschieden und das konnte niemand ändern, außer Richard selbst. „Es ist mir egal, was du sagst. Entweder, du gibst uns deinen Segen oder ich gehe mit Richard und dann habt ihr eine Tochter weniger."

Ihre Aussage war schlicht und einfach, die unwiderrufliche Wahrheit. Es war ernst gemeint und ihr Vater schien das zu spüren. Er kannte sie gut genug, um zu wissen, wann er einen Streit verloren hatte.

Kurz blieb er noch unentschlossen stehen, ohne sich zu regen, schien abzuwägen, ob er noch etwas tun oder sagen konnte. Aber sie sah deutlich, wie sein Widerstand bröckelte. Auf einmal sah er müde aus, beinahe wie ein alter Mann. Aber in diesem Moment konnte Anna kein Mitgefühl für ihn aufbringen.

Seine Verteidigung fiel, denn er schüttelte zwar den Kopf, aber er wandte sich von ihnen ab, durchquerte den Raum und setzte sich wieder in seinen Sessel. Danach zog er eine Zigarrenpackung aus seiner Westeninnentasche, nahm sich eine heraus und zündete sie mit einem der Streichhölzer an, die immer in Reichweite lagen.

Minuten verstrichen, in denen Anna noch auf ein Zeichen seiner Wehr wartete. Er sagte jedoch nichts und mehr Zustimmung konnte sie nicht erwarten.

Ihr fiel ein Stein vom Herzen, sie konnte sich wieder entspannen. Erst jetzt bemerkte sie, wie verkrampft sie dagestanden hatte. Sie dehnte ihren Hals und spürte, wie sie sich langsam leichter und sorgenfreier fühlte.

Er würde sie also nicht aus dem Haus werfen, was eine Alternative zu seinem Aufgeben gewesen wäre. Erst jetzt wurde Anna bewusst, was sie eigentlich gerade riskiert hätte. Aber als sie immer noch den leichten Druck von Richards Hand auf ihrer Schulter spürte, wusste sie, dass sie es jederzeit genauso machen würde.

„Genug jetzt. Es ist Zeit, Anna, deck den Tisch und dann wird gegessen." Ihre Mutter sprach das Schlusswort und Anna wusste, dass es an diesem Tag keine Diskussion mehr geben würde.

Mit ihrem fehlendem Widerstand hatte ihre Mutter sich schon längst auf ihre Seite gestellt und mit Beendigung dieses Streites glättete sie wieder die Wogen.

Es war ein Glück, dass der Vater nachgegeben hatte, denn wenn Anna nun genauer darüber nachdachte, sie hätte keinen Ort gehabt, an dem sie Zuflucht gefunden hätte. Wer wusste schon, wie Richards Familie über sie dachte?

Ihr gesamtes Leben war Anna ein impulsiver Mensch gewesen und diese Situation war keine Ausnahme. Aber sie musste sich an diesem Tag keine Sorgen mehr machen, sie war immerhin verlobt, ein Anlass, um zu feiern.

Noch nie war sie von der Richtigkeit einer Sache so überzeugt gewesen und als sie sich nun umdrehte und lächelnd in Richards blaue Augen sah, um ihn zu beruhigen, spürte sie, dass er auch so empfand. Anna war trotz des Streits glücklich und der Grund dafür lächelte schüchtern zurück.

Mit den Lippen formte sie, so dass nur er es sehen konnte *Ich liebe dich* und sie wusste, dass alles gut werden würde.

***

Frühling 1943

Die Zeit schlich dahin. Sie zog sich, wie eine zähe Flüssigkeit und dachte nicht daran, zu vergehen.

Anna fühlte sich glücklich, dass sie eine verlobte Frau war, aber auf ein Zeichen von Richard zu warten, dass sie mit den Vorbereitungen zu ihrer Hochzeit beginnen sollte, wie sie es ausgemacht hatten, war ein nervenaufreibendes Unterfangen. Wann würde es so weit sein? Wann kam dieser eine Brief von ihm, auf den sie nun schon ein halbes Jahr wartete? Sie wollte endlich in ihrem Leben ankommen, nicht immer das Ziel herbeisehnen. Das Warten schien ihr Leben seit vier Jahren zu beherrschen. Sie wartete auf einen Brief, ein Treffen, immer wartete sie auf Richard. Trotz ihrer Freude, zu wissen, dass Richard zu ihr gehörte, fühlte sie sich nicht erfüllt. Es war eben nur das Wissen, sie konnte ihn nicht sehen, nicht berühren. Sie hatte nur ihre Gefühle, Erinnerungen und das Hoffen. Aber sie wollte mehr, wollte endlich mit Richard verheiratet sein und ihn an ihrer Seite wissen. Immer hatte sie dieselben Sehnsüchte und Empfindungen, die Welt drehte sich im Kreis und ihr Leben tat dasselbe. Würde es jemals anders werden, dieser Krieg enden und Richard zu ihr kommen können?

Der Krieg dauerte nun schon drei Jahre und ein halbes. Verdrängung und Ignoranz waren die Tugenden dieser Jahre. Die Bedeutung der Richtigkeit wurde verdreht, wurde den Zielen angepasst und verzerrt.

Auch Anna war keine Heldin dieser Tage, sie war eine von Tausenden, ein Mädchen in einem Dorf und sie fühlte sich unbedeutend für das große Ganze. Sie war eine junge Frau, die am elterlichen Hof schwer arbeitete, der es in diesem Frühling wichtig war, endlich zu heiraten und die Saat auszubringen.

Das tat sie auch an diesem Tag, an dem die Sonne ständig von den Wolken verhängt wurde. Anna war am Feld und dachte wie meist bei der Arbeit an Richard.

Sie hatte einen Schurz an, in dem sich die Samen für den diesjährigen Weizen befanden. Sie nahm immer eine Hand voll heraus und warf sie gekonnt auf das dafür vorbereitete Feld. So arbeitete sie sich langsam vor.

Bald schon würde ihre Arbeit Früchte tragen und Halme die Erde durchbrechen, die im Herbst geerntet werden konnten. Im Winter würde das Stroh gedroschen werden und mit dem gewonnenen Weizen konnten sie dann das herrliche Brot backen. Die Arbeit am Feld war anstrengend, sicherte ihnen aber ihr Bestehen.

Die Temperatur war angenehm, es war noch einer dieser Tage im Frühjahr, an dem man die Sonne

96

wirklich zu schätzen wusste, weil sie einem so lange verwehrt geblieben war.

So streckte Anna genießerisch ihre Nasenspitze in die Sonnenstrahlen, die gerade zwischen den Wolken hervorblinzelte. In solchen Momenten kam ihr die Welt nicht mehr ganz so düster vor, hatte sie doch gelernt, die kleinen Dinge des Lebens zu schätzen zu wissen.

Ihre Aufmerksamkeit wurde von den Sonnenstrahlen gelenkt, als sie sah, dass Marie aus dem Haus trat und auf sie zuging.

Zuerst dachte Anna, ihre Mutter hätte sie geschickt, um ihr zu helfen. Aber dann erkannte sie, dass sie eines ihrer schönen Kleider trug, bestimmt würde sie damit keine Feldarbeit verrichten.

Genervt stöhnte Anna auf. Wenn sie sich schon wieder vor der Arbeit drückte, konnte sie wenigstens den Anstand besitzen, es ihr nicht mit ihrem Auftauchen in dem feinen blauen Kleid unter die Nase zu reiben.

Vorsichtig setzte ihre Schwester einen Fuß vor den anderen, um sich die Schuhe nicht mit Erde zu beschmutzen.

Anna rollte mit den Augen und wollte sich schon abwenden, als sie etwas kleines eckiges in Maries Hand entdeckte, womit diese wild herumwedelte und dabei von einem Ohr zum anderen grinste. Anna kniff die Augen zusammen und versuchte, zu erkennen, was ihre Schwester in der Hand hatte. Es musste ein Briefkuvert sein und wenn sie sich den Umstand machte, ihr den zu bringen, konnte das nur eines bedeuten: Richard hatte ihr geschrieben. Ihr Herz hüpfte erwartungsvoll, immerhin war es schon einen Monat her, dass sie das letzte Mal ein Lebenszeichen von ihm erhalten hatte.

„Ein Brief von Richard!", bestätigte Marie ihre Vermutungen, als sie Anna erreicht hatte und drückte ihr den Umschlag in die begierig geöffnete Hand.

Anna konnte nicht länger warten, ihr war egal, dass Marie anwesend war, sie wollte wissen, was in diesem Brief stand.

Bisher hatte sie sich immer die Zeit genommen und gewartet, bis sie ihre Arbeit erledigt hatte und die Briefe in ihrem Zimmer geöffnet, um sie ohne neugierige Blicke lesen zu können.

Es war dieses Mal ein sehr dünner Brief, nicht wie üblich dick und mit mehreren beschriebenen Seiten befüllt. Die Nervosität stieg, war alles in Ordnung mit Richard? War er in einen Kampf verwickelt worden? Warum nahm er sich nicht mehr Zeit, einen langen Brief zu verfassen? Die Absenderadresse war die gleiche wie sonst auch.

Ungeduldig zerriss sie den Umschlag und es fiel ein einzelner kleiner Zettel heraus. Er segelte zu Boden und blieb dort, scheinbar leer, auf der Erde liegen.

Anna wechselte einen verwirrten Blick mit Marie, bückte sich, griff danach und drehte ihn um. Es stand nur ein Satz auf dem Papier.

Sechs Worte.

Anna starrte darauf, öffnete langsam den Schurz.

„Was steht denn da?", fragte Marie ungeduldig.

Aber Anna drückt ihr nur wortlos den Schurz in die Arme, drehte sich um und rannte davon. Sie rannte, so schnell es ihr möglich war, sprang einfach über die Erdhaufen, um ins Haus zu kommen und ihre Mutter zu suchen.

Dort angekommen riss sie die Tür, durch die Marie gerade gekommen war, auf und stürmte hinein. Sie rannte in die Küche, dass sie mit ihren dreckigen Schuhen eine Spur hinterließ, war ihr egal. Der Raum war jedoch leer.

„Mutti!", schrie sie.

Wo war sie nur? Sie brauchte ihre Hilfe, sofort. Sie konnte keine Sekunde damit warten. Weit konnte sie doch nicht sein. Oder war sie vielleicht weggefahren? Das würde Anna nicht aushalten, im Haus herumzusitzen, tatenlos, wartend bis sie wieder eintraf. An Feldarbeit war nun sowieso nicht mehr zu denken. Sie musste handeln, sofort.

„Warum schreist du denn so, Anna?", bekam sie eine Antwort von draußen vor dem Haus.

Sie stürmte nach draußen, wo sie ihre Mutter sah, die gerade auf das klapprige Rad gestiegen war. Beinahe wäre sie über die Stufe vor dem Haus gestolpert, als sie zu ihrer Mutter lief. Ihr Atem ging schnell, ihr Herz pochte laut.

„Was ist denn?", fragte die Mutter, als sie Annas aufgelöstes Gesicht sah.

Doch diese drückte ihr nur den Zettel in die Hand. Sie schaute auf das Papier und auch ihr Gesichtsausdruck veränderte sich.

Sie nickte langsam und sagte: „Dann wissen wir, was wir jetzt zu tun haben. Ich fahre sowieso ins Dorf und werde gleich alles in die Wege leiten." Mit diesen Worten drückte sie Anna den Zettel wieder in die Hand, setzte sie sich auf den alten Sattel und radelte seelenruhig davon.

Kurz blickte Anna ihr hinterher, Mutter würde wissen, was zu tun war. Sie senkte noch einmal den Blick auf das Blatt, denn sie musste noch einmal die Zeilen lesen, um sicherzugehen, dass alles wahr war.

Jedes Wort zelebrierend las sie, nur für sich, laut vor:

„Hochzeit vorbereiten, komme in zweiter Maiwoche. "

Sie konnte nicht anders, sie blickte hinauf zum Himmel und jauchzte, so laut sie konnte.

Endlich war es soweit.

***

Am Tag vor der Hochzeit war alles organisiert.

100

Annas Mutter hatte Wort gehalten und immer wieder einen Weg gefunden, Dinge zu organisieren, die es eigentlich gar nicht mehr ausreichend gab, damit es ein Fest mit Speis und Trank werden konnte. Zucker und Butter für Kuchen, Fleisch für den Braten und sogar einige echte Kaffeebohnen. Richard hatte als überraschendes Geschenk für das Kleid einen wunderschönen weißen Stoff aus Griechenland geschickt und die Nachbarin hatte sich bemüht, Annas fast täglich ändernden Wünschen gerecht zu werden und ein perfektes Kleid genäht. Da sie nur standesamtlich heirateten, reichte es gerade über das Knie und Anna fand es wunderschön. Die weißen Strümpfe waren noch einfach zu bekommen, aber sie wollte auch unbedingt weiße Schuhe. Fast hätte sie ihre Mutter mit diesem Wunsch zur Verzweiflung gebracht, aber auch die Schuhe standen nun in ihrem Zimmer und warteten auf den großen Auftritt. Ihre Haare würde Marie machen und damit sie auch wirklich glänzten, würde sie diese mit einem Sud aus Kamille waschen.

So war alles vorbereitet, aber Anna konnte sich nicht entspannen, denn Richards Mutter, Brigitte, würde am heutigen Tag kommen. Sie wolle bei der Hochzeit dabei sein, hatte sie geschrieben, da gab es kein Wenn und Aber. Da ihr ältester Sohn heiratete, machte sie sich auf die weite Reise von Österreich bis nach Schlesien, um der Feier beizuwohnen.

Anna war furchtbar nervös. Was war, wenn sie genauso reagierte, wie ihr Vater? Sie würde nicht wie Richard still danebenstehen können und darauf warten, dass er sie verteidigen würde.

Richard hatte immer liebevoll von seiner Mutter gesprochen und sie schrieben sich laufend Briefe, aber gerade wegen der engen Verbindung machte Anna sich Sorgen.

War sie gut genug für ihren Sohn? Gerade sie, die nicht als hübsch galt, und was war, wenn Brigitte erfuhr, dass ihre Fähigkeiten im Haushalt, gelinde gesagt, mangelhaft waren?

Da half es auch nicht, dass Richard ihr gut zuredete und ihre Hand drückte. Sie fürchtete sich vor Ablehnung und Abneigung.

Richard war am Tag davor angereist und hatte bei den letzten Vorbereitungen geholfen. Es würde bald soweit sein.

Die beiden saßen auf der kleinen Holzbank vor ihrem Haus und erwarteten seine Mutter. Anna hatte den Kopf an seine Schulter gelehnt und er seinen Arm um sie geschlungen. Es war unglaublich schön, ihn so nah bei sich zu haben und mit ihm Zeit verbringen zu können.

Aber das konnte auch nicht verhindern, dass ihre Finger vor Aufregung zitterten. Sie konnte die Sonnenstrahlen nicht genießen, heute war sie zu aufgeregt, um ihre Kraft zu spüren. Schon die ganze Woche war das Wetter schön gewesen und sie rechneten damit, dass es die nächsten Tage halten würde.

In dem Moment, als sich Anna fragte, wie lange ihre Mutti eigentlich brauchte, um Brigitte vom Bahnhof abzuholen, sah sie die beiden am Ende der Straße auftauchen. Sie atmete tief durch, um sich zu beruhigen. Sie wollte unbedingt ein gutes Verhältnis zu ihrer zukünftigen Schwiegermutter aufbauen.

Die beiden näherten sich langsam, schienen ins Gespräch vertieft. Es war doch schon einmal ein Vorteil, wenn sich die Mütter gut verstanden.

Mit dem Näherkommen der Frauen klopfte Annas Herz immer lauter.

Als die beiden in den Hof bogen, hatte Anna Gelegenheit, ihre zukünftige Schwiegermutter näher zu betrachten. Sie hatte dunkle Haare, die sie am Hinterkopf geflochten hatte. Mit ihrem grünen Rock und der weißen Bluse sah sie, trotz den Strapazen, welche die Reise bestimmt mit sich gebracht hatte, sehr fein aus. Sie war größer als ihre eigene Mutter und wirkte aufrechter, aber das tat der Sympathie, die sie schon über dieser Entfernung ausstrahlte, keinen Abbruch. Die beiden Frauen unterhielten sich angeregt und lachten sogar immer wieder.

Es war für Anna kaum auszuhalten, dass sich dieser Moment dermaßen in die Länge zog.

Hatte sich die Zeit verlangsamt oder schlichen die beiden wirklich so langsam über den Hof? Jeden Augenblick würden sie Richard und Anna erreichen und dann würde sich entscheiden, ob Anna mit Richards Familie eine unbeschwerte Zukunft haben würde.

Würde ihr Verlobter sie noch heiraten wollen, wenn seine Mutter dagegen war? Aber sie würde wohl kaum die weite Reise hinter sich bringen, nur, um zu demonstrieren, dass sie gegen die Hochzeit war.

Anna zerbrach sich den Kopf, wog alle negativen Möglichkeiten ab, wie sie es schon tagelang getan hatte.

Als die beiden Mütter sie eine gefühlte Ewigkeit später erreichten, sprang Richard von der Bank auf und eilte zu ihnen, um seine Mutter herzlich mit einer Umarmung zu empfangen.

Schüchtern tat es Anna ihm gleich, stand langsam auf und ging zu den dreien.

Als sie sie erreicht hatte, löste sich Richards Mutter gerade von ihrem Sohn.

„Es freut mich so, dass du da bist, hattest du eine angenehme Reise? Darf ich dir Anna vorstellen?" Richards Stimme hatte einen erfreuten Klang, als er auf seine zukünftige Frau wies.

Anna lächelte schüchtern und streckte ihr die Hand entgegen.

„Es freut mich sehr, Sie kennenzulernen, Frau Reiter."

Richard hatte sie extra noch darauf hingewiesen, dass er den Mädchennamen seiner Mutter trug, sie aber den ihres Mannes.

Als Brigitte ihre Hand ergriff, spürte Anna, dass ihre Haut warm und weich war. Ihre Augen strahlten wie Richards aus einem etwas älteren Gesicht. Auch ihre Lippen verzogen sich zu einem strahlenden Lächeln, das sie freundlich wirken ließ.

„Aber Kindchen, doch nicht so förmlich! Nenn mich gerne Muttl, immerhin gehörst du doch jetzt zu unserer Familie. Außerdem hast du Richards Herz erobert und wie ich ihn kenne, nimmt er sicher nicht die erstbeste zur Frau", sagte die Angesprochene herzlich und drückte Annas Hand etwas fester.

Anna fiel ein Stein vom Herzen, mit ihrer neuen Schwiegermutter würde es vermutlich keine Probleme geben. Im Gegenteil, sie schien eine freundliche Person zu sein und Anna in ihrer Familie willkommen zu heißen.

***

Ohne jegliche Zweifel setzte Anna ihre neue Unterschrift auf das Dokument.

Anna Ehrlacher.

Es fühlte sich richtig an, als würde sie in diesem Moment zu Hause ankommen. Am Ziel ihres bisherigen Weges, aber am Anfang eines neuen, den sie nicht mehr alleine beschreiten würde. Richards und Annas Wege fanden an diesem Punkt zusammen und vereinten sich zu einem. Wo er hinführen würde, wusste noch niemand, vorerst würde sich für Anna nicht viel ändern, immerhin musste Richard weiterhin seinen Dienst als Soldat leisten und es gab noch keine Möglichkeit, zusammenzuziehen oder sich etwas aufzubauen. Erst später, wenn der Krieg vorbei war, würde Richard zu ihr auf den Hof ziehen und sich eine Arbeit als Bäcker suchen.

Aber das war noch ein ferner Zukunftsgedanke, an diesem Tag sollte nur gefeiert, gelacht und getanzt werden.

Anna heiratete als erstes der Mädchen, die mit ihr in die Schule gegangen waren und noch dazu den schönsten Mann, den es gab! Es war eine große Gesellschaft, die ihrer Hochzeit beiwohnte und nach der Trauung gab es ein Festessen direkt am Hof. Er war festlich mit bunten Blumen und Kerzen für den Abend geschmückt. Es war ein langer Tisch aufgestellt worden, auf dem auch verschiedenste Blumen ihren Platz fanden, die Anna mit ihren Freundinnen gepflückt hatte. Es war nicht leicht gewesen, möglichst viele Kornblumen zu finden, die Annas Lieblingsblumen waren, aber sie hatten sich alle Mühe gegeben. Das Geschirr hatten sie von Nachbarn und Bekannten zusammengetragen. Alle waren gerne bereit, zu helfen, denn eine Hochzeit war in dieser schweren Zeit eine schöne Abwechslung, an der sich jeder erfreute. Die langen Bänke hatte Albert aufgetrieben, der den ganzen Tag munter erzählte, wie sich Anna und Richard kennengelernt hatten. Es gab Braten, Knödel und Kartoffel zu essen, an denen sich alle genüsslich bedienten.

Anna versuchte, nicht zu viel Alkohol zu sich zu nehmen, sie war schon aufgekratzt genug und schon gar nicht wollte sie in ihrer Hochzeitsnacht betrunken einschlafen.

Je später es wurde, umso ausgelassener wurde die Stimmung. Es wurde auf das Brautpaar angestoßen, Trinksprüche gerufen und sogar Gedichte aufgesagt.

„… Glück und Zufriedenheit ihm Lach' im Leben immerdar", schloss Alberts Frau, die Bäckerin, ihr Gedicht und alle klatschten Beifall.

Richard streichelte Annas Hand, die er seit der offiziellen Feier nicht mehr losgelassen hatte. Sie lächelte ihm scheu zu und als sich ihre Blicke trafen, versuchte sie, sich nicht in seinen Augen zu verlieren.

Richard hatte auf die Frage des Beamten fest und ohne zu zögern mit „Ja" geantwortet und schien sehr glücklich zu sein. Anna konnte es nicht glauben, dass sie mit ihm verheiratet war.

Er sah hinreißend aus in seiner dunklen Festtagsuniform, so edel und erhaben. Seine dunklen Haare trug er seitlich etwas kürzer als oben und auf seinen vollen Lippen trug er den ganzen Tag ein strahlendes

Lächeln. Immer wenn er sie ansah, las sie Liebe und Zärtlichkeit in seinen Augen.

Sie selbst fühlte sich wunderschön in ihrem weißen Hochzeitskleid. Mit den weißen Stümpfen und Stöckelschuhen kam sie sich wie eine feine Dame vor und Marie hatte an ihren Haaren ein kleines Meisterstück vollbracht.

Der Moment, in dem Richard in die Backstube getreten war, schien so weit entfernt, trotzdem hatte sich bei Annas Gefühlen nichts verändert, sie waren stärker als je zuvor. Vom ersten Augenblick hatte sie keinen Zweifel daran verschwendet, dass Richard nicht der Richtige für sie sein konnte.

„Ich bin so glücklich, deine Frau zu sein", sagte Anna nicht zum ersten Mal, als der Abend schon weit fortgeschritten war.

Es waren nur noch ein paar Gäste anwesend, die Kinder waren schon lange in ihren Betten und Anna verspürte auch ein Gefühl der Müdigkeit. Vom vielen Tanzen schmerzten ihr die Füße und sie hatte die Schuhe unter dem Tisch ausgezogen, was Richard ein Schmunzeln entlockt hatte.

„Das bin ich auch, von ganzem Herzen", antwortete er ihr schon zum wiederholten Mal.

„Sollen wir die Gesellschaft verlassen?", flüsterte er ihr zu.

Mit einem Schlag war sie wieder hellwach, jede Müdigkeit war wie weggeblasen. Ihr Herz klopfte wild, es war ihre Hochzeitsnacht.

Sie hatte sich schon seit sie ins Frauenalter ge-kommen war auf diesen Moment gefreut. Immer wieder hatte sie sich ihn vorgestellt und überlegt, wie er ablaufen würde.

Nun, da es so weit war, war sie sehr aufgeregt.

Sie begann, mit ihrem neuen Ehering zu spielen, ihn vom Finger zu holen und wieder hinauf zu ste-cken. Diesen Vorgang wiederholte sie immer wieder und vergaß dabei, dass Richard ihr eine Frage ge-stellt hatte und dass er sie voller Erwartung ansah.

Wie stellte wohl er sich diese Nacht vor? War er auch so aufgeregt oder war sie mit diesen Gefühlen allein? Was war, wenn sie seine Erwartungen nicht erfüllen konnte? Richard war ein Gentleman, betraf das jeden Bereich seines Lebens?

„Anna? Wir können auch noch hier bleiben, wenn du willst."

Sah sie da Verunsicherung in seinen Augen auf-blitzen? Er drückte ihre Hand ganz fest.

„Nein, lass uns gehen."

Mit einem Mal war sie sich ihrer Sache sicher. Was konnte schon schiefgehen? Sie würde diese Nacht mit ihrem Ehemann verbringen, den sie über alles liebte, genau wie sie es sich immer vorgestellt hatte. Sie war nun überzeugt, dass es eine einzigarti-ge Nacht werden würde, an die sie ihr Leben lang zurückdenken würde.

Sie steckte ihre Füße wieder in ihre Schuhe und stand selbstbewusst auf.

Lautstark verabschiedeten sich die letzten Gäste, als sie sich in Richtung Haus aufmachten.

So oft hatte Anna diese Tür aufgezogen, sie quietschte wie immer laut und das Haus schien das frische Ehepaar willkommen zu heißen.

Richard nahm sie an der Hand und zog sie ins Haus.

Nachdem sie die Tür hinter sich geschlossen hatten und Dunkelheit sie umgab, zog er Anna an sich und küsste sie lange und zärtlich. In seiner Umarmung fühlte sie sich geborgen, wie noch nie zuvor in ihrem Leben. Sie küssten sich, bis er ihr Gesicht in die Hände nahm und sie voller Liebe betrachtete.

„Ich liebe dich", flüsterte er und nahm sie wieder an der Hand.

Zusammen gingen sie die Treppe hinauf.

Sie würden anlässlich dieses Tages im Schlafzimmer ihrer Eltern die Nacht verbringen.

Ihr Herz klopfte so laut, dass sogar Richard es hören musste. Die Treppe knarrte und als sie oben ankamen, legte Richard seinen Arm um Annas Hüfte und gab ihr Halt und Sicherheit, die Tür zum Schlafzimmer aufzuziehen. Es war, wie das restliche Haus auch, einfach eingerichtet mit wenigen Möbelstücken. Aber Annas Augenmerk lag nur auf dem Bett. Eine dünne Decke und zwei Pölster lagen auf ihm, mehr brauchte man nicht im Sommer, aber Anna achtete weder auf die Matratze, noch die Decke oder die Pölster.

110

Mitten im Bett lag ihr Bruder und schnarchte laut.

Was suchte der denn hier? Warum lag er in diesem Bett? In Anna stieg Wut auf. Das würde ihre Mutter ihr doch nicht antun! Es war doch ihre Hochzeitsnacht!

Wütend zog sie Franz die Decke weg und als er hochschreckte, fuhr sie ihn an: „Was machst du hier?"

Er schaute sie mit müden Augen ganz verwundert an.

„Schlafen", war die kurze Antwort.

Er schien die missliche Lage nicht zu verstehen.

„Das ist mir schon klar, du Neunmalklug! Warum schläfst du hier?", gab Anna gereizt zurück.

„Mutti hat gesagt, ich soll hier schlafen, weil es kein anderes freies Bett gibt. Sie meint, wir hätten hier leicht zu dritt Platz."

Das schien ihm Erklärung genug zu sein, denn er legte sich doch tatsächlich wieder hin und schloss die Augen.

Anna gab sich alle Mühe, nicht zu schreien. Das konnte doch nicht der Ernst ihrer Mutter sein! Auch wenn alle Betten bis zur Ostsee belegt wären, sollte er doch auf dem Boden in der Küche schlafen oder im Freien, aber nicht in diesem Bett. Das war eine bodenlose Gemeinheit, genau in dieser Nacht.

Sie legte sich eine Hand auf die Augen und strich sich übers Gesicht.

Sie würde sich damit abfinden müssen, dass ihr Bruder die Hochzeitsnacht ruiniert hatte.

„Es ist nicht so schlimm, wir werden noch viele gemeinsame Nächte miteinander verbringen", versuchte Richard, sie zu beruhigen.

Anna war so wütend, dass sie sich ohne große Worte ihrer Schuhe entledigte und samt Kleid und Strümpfe in das Bett stieg, sich links neben Franz legte und sich die Decke bis zur Nase zog.

Richard ließ die Schultern hängen, zog die Uniformsweste aus, lockerte die Krawatte und zog sie sich über den Kopf.

Anna konnte dem Drang nicht widerstehen, ihm dabei zuzusehen. Immerhin war er ihr Ehemann, mehr Freude würde dieser Abend nicht mehr bringen.

Er bückte sich, zog sich beide Schuhe aus und danach seine Socken. Ohne Krawatte und Schuhe sah er nicht mehr so förmlich aus und Anna musste sich zurückhalten, um nicht aufzustehen und ihn zu küssen.

Die Tatsache, dass er sich nun sein Hemd aufknöpfte, machte es ihr nicht leichter. Nachdem er sich des Hemdes entledigt hatte, stand er nur noch in Unterleibchen und Hose vor dem Bett. Sie konnte seinen Oberkörper gut unter dem dünnen Stoff erahnen, zu wenig bedeckte es von seiner Haut.

Er hob den Kopf, sein Blick war voller Sehnsucht, die sie nur zu gut verstand. Als er seinen Kopf abwandte, um zu seiner Seite des Bettes zu gehen, brach die Spannung.

Anna stieß den Atem aus, den sie unbewusst angehalten hatte.

Richard setzte sich auf das Bett und legte sich auf die rechte Seite von Franz. Auch er zog sich, wie sie vorher, die Decke bis zur Nasenspitze und schloss die Augen. Danach regte er sich nicht mehr.

Anna war enttäuscht und machte ihrem Ärger Luft.

Sie zischte ihrem kleinen Bruder zu: „Das werde ich dir nie verzeihen."

Dieser würde erst viele Jahre später verstehen, warum seine Schwester so wütend auf ihn war.

***

Der Tag am 14. Jänner 1945 begann, wie jeder andere auch.

Es war ein harter und kalter Winter, dessen Tristheit für Anna nur von Richards Briefen durchbrochen wurde. Sie versuchte, sich an den schönen Erinnerungen mit ihm festzuhalten.

Im vergangen Sommer hatte sie eine ganze Woche mit ihm bei seiner Familie in Österreich verbracht. Es war eine vergnügliche Zeit gewesen, auch mit seinen drei Brüdern hatte sie sich gut verstanden.

Es war eine sehr aufgeweckte Familie, in die sie hineingeheiratet hatte.

Sie versuchte, die Erinnerungen daran nicht zu verlieren, jetzt da sie schon so weit weg schienen.

Vor dem Fenster war es noch dunkel, als Anna von ihrer Mutter geweckt wurde. Sie versuchte, sich möglichst schnell zu waschen und ging in die warme Küche. Im restlichen Haus war es vor Kälte kaum auszuhalten.

Immer wieder hatten es Bombenwarnungen gegeben und sie warteten voller Angst und hofften, dass es nur bei einer Warnung bleiben würde und nicht zur Realität wurde.

Bis jetzt waren sie aber noch nie das Ziel eines Angriffes gewesen und dafür dankte sie jeden Abend Gott in einem Gebet mit der Familie.

Anna war froh, dass sie nur in einem unbedeutenden kleinen Dorf wohnte, das keine militärischen Stützpunkte, wichtige Industrie oder Verkehrswege besaß, welche die Mühe wert gewesen wären, sie anzugreifen.

Bang verfolgten sie den Vormarsch der Roten Arme. Von deren Grausamkeit wurde überall berichtet und falls sie auch in ihrer Gegend einfallen würden, hatten sie als Deutsche Schlimmes zu befürchten. Man hörte von Vergewaltigungen, Folter und Mord.

Aber ihr eigenes Wohl war nicht das Einzige, um das sie sich Sorgen machen musste. Von ihrem Vater

114

hatten sie schon über drei Monate nichts gehört, weder Briefe noch sonstige Nachrichten. Ihr wurde schlecht, wenn sie sich die Folgen ausmalte, falls ihm etwas passieren würde.

Es war eine Zeit voller Sorgen und Kummer, Anna kannte etliche Männer, die als Soldaten im Krieg gefallen waren. Jeder hatte viele Verwandte oder Bekannte, die nun an der Front kämpfen mussten, mit der Aussicht, vielleicht nie wieder zurückzukehren.

Die Einwohner des Dorfes bestanden gegenwärtig fast nur noch aus Frauen, Kindern oder alten Menschen. Beinahe alle Männer waren einberufen worden.

So war es kein Wunder, dass die Stimmung auch in ihrer Familie sehr gespannt war und sich immer weiter zuspitzte. Sie stritten oft und gelacht wurde sehr selten.

Anna konnte sich nicht mehr erinnern, wie ein Leben ohne Kriegsnachrichten und Angst um sich oder andere ausgesehen hatte.

Auch dieser Morgen machte keine Ausnahme, das bemerkte Anna, als sie die Tür zur Küche hinter sich zuzog.

Ihre Mutter starrte betrübt in die Leere, als sie gedankenverloren im Topf am Herd rührte.

Jeden Morgen gab es eine Sendung im Radio, in der man die neuesten Berichte und Informationen bekam, deswegen wunderte sie sich, warum es noch so still in der Küche war.

Sie ging zum kleinen Radio, um ihn einzuschalten. Als ein Heimatlied erklang, schien ihre Mutter zu bemerken, dass sie sich im Raum befand.

„Guten Morgen, Mutti", sagte Anna, als sie zum Schrank ging, um Geschirr für das Frühstück aufzudecken.

Als sie fertig war und ihre Mutter den Topf auf den Tisch stellte, kamen laut zankend Marie und Franz herein.

„Seid leise und setzt euch hin", befahl ihre Mutter übellaunig.

Als sie alle saßen und gebetet hatten, fingen ihre Geschwister wieder lautstark an, zu diskutieren, aber Anna nahm daran nicht teil, sie versuchte, dem Radio zu lauschen, jeden Moment musste die Sendung beginnen.

Als eine Männerstimme erklang, verstummten sogar die zwei Streithähne.

Es wurde gerade über die Rote Armee berichtet und deren Vorankommen an den verschiedenen Grenzen.

Anna wurde vor Angst heiß und kalt zugleich, auf ihren Armen bildete sich eine Gänsehaut. Wie immer hoffte sie inständig, dass ihr Land, oder schlimmer, ihre Gegend nicht erwähnt wurde, aber sie wurde enttäuscht.

„Immer schwerer wird es für unsere Truppen, die Grenzen zu Schlesien zu halten."

Bei dieser Meldung rutschte Anna das Herz in den Magen, sie klappte den Mund auf und bekam ihn nicht wieder zu.

Ihre Mutter saß verkrampft mit angstgeweiteten Augen auf ihrem Stuhl, vergaß die Tasse, die sie gerade hatte zum Mund führen wollen und verharrte auf halbem Weg in der Luft.

„Wir werden den vorrückenden Feind erfolgreich zurückdrängen! Um unsere tapfere Armee dabei zu unterstützen und neue Verteidigungsanlagen aufbauen zu können, …"

Anna wurde schlecht und schwindlig, immer wieder dachte sie *Bitte, bitte, nicht.*

Aber der Sprecher fuhr ungerührt fort: „wird das Gebiet jenseits der Oder geräumt. Melden Sie sich umgehend bei Ihrem Bürgermeister. Auch im Westen werden unsere Truppen … "

Weiter hörte Anna nicht mehr.

Sie fing an, vor und zurück zu wippen.

Das konnte nur ein Missverständnis sein, nicht der Wahrheit entsprechen. Bestimmt würde sich das ganz schnell aufklären. Man musste nur jemanden fragen, der Bescheid wusste.

„Das kann doch nicht wahr sein! Das kann nicht stimmen! Das betrifft uns doch nicht!" rief sie. „Das ist bestimmt ein Fehler, oder Mutti?"

Sie wandte sich hilfesuchend an ihre Mutter, aber diese reagierte nicht, starrte nur weiterhin geradeaus, die Tasse immer noch erhoben.

Die Sekunden verstrichen und wurden zu Minuten, das einzige Geräusch, das sie vernahm, war das Blut, das in ihren Ohren rauschte, und ihr klopfendes Herz.

Anna wartete immer noch auf eine Antwort.

Endlich erwiderte ihre Mutter: „Jetzt passiert erst einmal gar nichts. Ihr esst auf, ich mache mich auf den Weg ins Dorf und frage Siegbert, was los ist."

Bevor Anna etwas sagen konnte, war ihre Mutter auch schon aufgestanden und zu Tür hinaus.

Sie wollte zum Dorfvorsteher, einem Großbauern aus ihrem Dorf, der den Bürgermeister vertrat, der zum Militär eingezogen worden war.

Ihre Mutter würde bestimmt bald zurückkehren und dann würde sich alles als großes Missverständnis herausstellen. Das war doch lächerlich, sie würden doch nicht einfach ihre Heimat verlassen müssen, wieso auch? Die Rote Armee würde es nie schaffen, so weit ins Land vorzustoßen.

Anna versuchte, sich zu beruhigen. Eine Fehlermeldung, es war nur eine Fehlermeldung. Franz und Marie sahen sie groß an.

„Müssen wir jetzt weg?", fragte Franz mit weinerlicher Stimme.

Sie musste sich jetzt zusammennehmen, klar denken und Ruhe bewahren. Sie würde sich doch nicht verrückt machen lassen.

„Blödsinn, das ist nur ein Fehler, den irgendjemand gemacht hat. Also macht das, was Mutti uns gesagt hat, esst auf." Sie versuchte, ihrer Stimme einen beruhigenden und zuversichtlichen Klang zu geben. Versuchte, sich selbst zu glauben.

Aber mit aller Kraft brach ein Gefühl langsam durch. Ein Gefühl, das sie im Moment ganz und gar nicht gebrauchen konnte. Furchtbare Angst.

Sie aßen schweigend ihren Brei. Anna war nach zwei Bissen schlecht, aber sie versuchte, es so gut es ging zu ignorieren.

Als sie aufgegessen hatten, räumte Anna das Geschirr ab und stellte es in die Spüle, um es mit Marie abzuwaschen.

Immer wieder sagte sie sich, dass alles nur ein Missverständnis war, ein Fehler, das war die einzig logische Erklärung.

Franz quengelte und löcherte sie mit Fragen, er schien ihr nicht zu glauben. Aber wie konnte er auch, wenn sie nicht einmal selbst von ihren Worten überzeugt war?

Als sie mit dem Abwasch fertig waren, setzten sie sich wieder an den Tisch. Anna konnte sich nicht dazu überwinden, etwas Sinnvolles zu tun. Zuerst wollte sie von ihrer Mutter die Nachricht hören, dass alles nicht so war, wie es schien.

Plötzlich hörten sie ein Krachen, als hätte jemand das Tor zu fest aufgestoßen, sodass es gegen die Wand gekracht war.

Anna sprang auf und rannte aus der Küche, um ihre Mutter zu empfangen.

Als sie die Tür zum Gang aufmachte, spürte sie als erstes einen eisigen Windstoß und als sie hinaustrat, sah sie die Ursache dafür.

Ihre Mutter stand im geöffneten Tor, machte aber keine Anstalten, es zu schließen oder sich weiter ins Haus zu bewegen. Sie stand einfach nur da, ihren Gesichtsausdruck konnte Anna nicht erkennen, da sie vom Schnee und der aufgehenden Sonne geblendet wurde. Aber ihre unnatürlich starre Haltung sprach Bände.

Anna eilte zu ihr, zog sie in den dunklen Gang und schloss das Tor.

Danach half sie ihrer erstarrten Mutter aus dem Mantel. Sie bewegte sich stockend und sagte kein Wort. Jetzt fiel ihr auch auf, wie bleich sie war, dass ihre Augen weit aufgerissen waren und sie Anna mit leerem Blick anstarrte.

Anna konnte die Angst nun nicht mehr zurückhalten.

Als sie ihr aus den Schuhen geholfen hatte, es war kein leichtes Unterfangen, nachdem ihre Mutter sich kaum am Ausziehen beteiligte, nahm Anna sie an der Hand und zog sie in die Küche.

Marie und Franz saßen am Boden und blickten ihre Mutter entsetzt an, als diese eintrat.

Anna ging mit ihr durch den Raum und setzte sie auf einen Sessel. Danach ging sie vor ihr auf die Knie und nahm ihre Hände in die ihren. Sie sah sie an, sah in ihr bleiches Gesicht.

Aber als ihre Mutter immer noch kein Wort über die Lippen brachte, hielt sie es nicht mehr aus.

„Was ist denn nun?", flüsterte sie.

Sie hatte keine Kraft, die Worte laut auszusprechen. Sie hoffte doch auf eine positive Nachricht, aber ihre Zuversicht schwand mit jedem Augenblick, der verstrich.

Ihre Mutter sagte immer noch nichts, begann nur den Kopf zu schütteln, ohne wieder damit aufzuhören.

Anna unterdrückte den Impuls, sie an den Schultern zu packen und zu rütteln, sie hörte einfach nicht mehr auf, den Kopf zu schütteln.

Irgendwann kam Schluchzen dazu und sie entnahm Anna ihre Hände, um ihre Arme um ihren Leib zu schlingen.

„Was ist denn, Mutti?" Franz war aufgestanden und neben Anna getreten. Er streichelte ihr Gesicht und das schien sie aus ihrer Starre zu befreien und ihr endlich die Kraft für die Worte zu geben, die gesprochen werden mussten.

Sie flüsterte, schien auch nicht die Kraft für mehr zu haben. „Wir müssen den Hof in drei Tagen verlassen haben."

Entsetzen kam über Anna, brach mit aller Macht über sie. Sie hatte versucht, es nicht an sich heranzulassen, aber nun überrollte es sie wie eine riesige Flutwelle. Ihr wurde kalt und sie fing an, zu zittern. Das Entsetzen verwandelte sich in Verzweiflung und auch Panik verspürte sie.

Sie fing an, genau wie ihre Mutter den Kopf zu schütteln. Sie wollte das alles nicht glauben, konnte es nicht.

Plötzlich fing ihre Mutter an, zu schreien. Sie kreischte, als würde sie dem Teufel begegnen.

„Alles ist dahin! Nichts bleibt uns. Euer Vater, wir brauchen euren Vater, der weiß Rat. Er weiß, was zu tun ist. Wir müssen ihn suchen. Wir müssen ihn finden."

Sie wurde immer hysterischer und redete Unsinn, ihr Vater war im Krieg, sie wussten nicht, wo oder ob er noch lebte.

Anna sprang auf und packte ihre Mutter nun doch an den Schultern. Versuchte, ihr den Verstand wieder einzubläuen.

Sie schrie sie an, um zu ihr durchzudringen. „Vater ist nicht hier, er ist weit weg und wir müssen uns entscheiden, was wir machen. Beruhige dich gefälligst!"

Danach drückte Anna sie wieder auf den Sessel und brach vor ihr auf die Knie. Ihre Kraft war aufgebraucht. Sie fing rückhaltlos zu schluchzen an und vergrub ihr Gesicht in der Schürze der Mutter. Sie fühlte, wie ihr Gesicht und die Schürze vor Tränen nass wurden. Wie konnte es nur so weit gekommen sein? Sie lebte hier, hier war ihr Zuhause. Ihnen gehörten dieses Haus, die Felder und die Tiere. Sie hatte ihre Sachen hier, alles was sie besaß, jeder Meter war mit Erinnerungen zugepflastert. Die Gegend, das Dorf, der Mühlberg, ihr Zuhause. Man konnte doch nicht in drei Tagen einfach alles hinter sich lassen. Ihre Familie hatte hier ihre Heimat und wenn man sein Zuhause zurücklässt, was bleibt dann noch?

Ihr Körper wurde vom Schluchzen geschüttelt. Sie fühlte sich entkräftet, wusste nicht, wie sie diesen Tag überstehen sollte. Ihr ganzes Leben hatte hier stattgefunden. Wo sollten sie hin? Wer würde ihnen helfen? Wie sollten sie ohne Heim und Besitz überleben? Es war tiefster Winter, wie weit würden sie gehen müssen? Konnte man eine Reise ins Nichts im kalten Schnee überhaupt überleben? Vielleicht starben sie alle und sogar wenn nicht, sie hatten nichts zu erwarten. Es gab kein Ziel für sie, wenn sie ihr Zuhause verließen, hatten sie nichts mehr. Aber hatten sie eine Wahl? Von der Roten Armee gefangen genommen zu werden, gefoltert und getötet? Der sichere Tod erwartete sie hier, und überall anders das Ungewisse.

„Jetzt heult hier doch nicht herum! Wir wissen ja jetzt, was wir zu tun haben. Lasst uns packen. Das wird aufregend."

Anna drehte sich schockiert zu Marie um, die nun auch aufgestanden war. Sie schien weder verzweifelt noch panisch, nicht einmal traurig. Ihre Augen blitzten vor Tatendrang und Aufregung. Wie konnte ihr das gefallen? Begriff sie nicht? Sie wurden alle von ihren Wurzeln getrennt, gingen ins Ungewisse, mit keiner Aussicht auf Hoffnung und sie fand das aufregend?

Ungläubig sah sie zu, wie Marie die Küche verließ und die Treppe hinauflief.

Es war still, nur die große Küchenuhr tickte unaufhörlich.

Die Zeit verrann.

Anna stand wie in Trance auf und folgte ihrer Schwester. Marie war nicht ganz bei Trost, aber Anna stand am Rande eines Nervenzusammenbruchs. Sie wusste nicht, warum sie ihr nachging, aber sie hatte das Bedürfnis, ihr klarzumachen, dass das kein Spiel war. Dass das der bittere Ernst war und kein aufregendes Erlebnis. Es ging um ihr aller Leben und Marie war mit ihren 16 Jahren alt genug, um zu begreifen, was es bedeutete, sein Zuhause zu verlieren.

Die Treppe knarrte laut, als sie darauf stieg. Dieses Geräusch würde sie in ein paar Tagen vielleicht nie wieder hören. Wer wusste schon, wer der nächste war, der diese Treppe benützte, nachdem ihre Familie sie mit dem Haus zurückließ?

Annas Gesicht war eiskalt, genau wie ihr Herz. Kalt und taub.

Sie öffnete die Tür zu ihrem Schlafraum mit ihrem Bett, das sie nur noch zweimal benutzen konnte.

Marie stand gerade neben dem Kasten und zog ihr gesamtes Gewand heraus. Am Bett lagen schon verschiede Gegenstände, die sie scheinbar mitnehmen wollte. Ein Buch, eine Spieluhr, ein Notizheft mit einem Stift, ihre gesammelten Schätze, eigentlich unnützes Zeug. Wie war es überhaupt möglich, dass sie das alles so schnell zusammengetragen hatte?

Anna spürte, wie Wut sie überfiel.

„Was glaubst du, wo du hingehst? Auf Urlaub? Wir verlassen vielleicht für immer unser Zuhause, was dir scheinbar nichts bedeutet!", schrie sie ihre kleine Schwester an.

Diese grinste sie nur an, was Anna noch wütender machte.

„Nur weil ihr euch alle vor der großen weiten Welt fürchtet und für immer in diesem Kuhdorf sitzenbleiben möchtet, muss das nicht für uns alle gelten."

Anna glaubte, ihren Ohren nicht zu trauen. Marie wirkte so unbekümmert. Es machte sie verrückt, dass ihrer Schwester all das, was ihr selbst so viel bedeutete, nichts wert war.

Sie zog die Augenbrauen zusammen und bohrte ihre kurzen Fingernägel in die Handinnenflächen.

„Verstehst du denn nichts? Du kannst nicht all das mitnehmen, wie willst du alles tragen? Wir haben keine Transportmöglichkeit und du musst dich von all den unnötigen Sachen trennen. Wir sterben vielleicht alle, das kann dir wohl kaum egal sein."

Inzwischen war es nur noch ihr Wunsch, Marie wehzutun. Sie wollte, dass sie dasselbe fühlte, wie sie. Sie konnte nicht dabei zusehen, wie ihre eigene Schwester in ein großes, tolles Abenteuer aufbrach und sie selbst sich auf eine Reise begab, die sie alles kosten würde.

„Niemand stirbt. Deswegen verlassen wir ja diesen Ort. Um am Leben zu bleiben. Wir werden viel erleben. Vielleicht treffe ich einen Mann, der mich rettet und in den ich mich dann unsterblich verliebe."

Anna schüttelte den Kopf. Marie verhielt sich so naiv und dumm, dass sie nichts mehr darauf zu erwidern wusste. Sie sah sich wehmütig im Zimmer um. Alles würde sie zurücklassen müssen. Die hässlichen Vorhänge, die sie schon längst hatte austauschen wollen, aber nie dazu gekommen war, selber welche zu nähen. Ihr Schlaflager mit der dicken Decke, das Abzeichen daneben, das sie als vorbildliches deutsches Mädel auszeichnete. Das Abzeichen, das sie bekommen hatte, weil sie sich hervorgehoben hatte unter den anderen Mädchen im Dorf. Das Abzeichen, das man bekam, wenn man sein Soll für das

Land erfüllt hatte und noch mehr. Das Abzeichen, das bewies, dass sie sich für das Deutsche Reich abgemüht hatte. Für ihre sozialen Dienste hatte sie es bekommen, weil sie mit ganzem Herzen dabei gewesen war. Immer hatte sie sich bemüht, nach den Grundsätzen der BDM zu handeln. Sie hatte es zwar schwer gehabt, denn oft wurde gepredigt, sie sollte keine schweren Arbeiten am Hof zu Hause verrichten, sondern jene, die ihrem Geschlecht entsprachen. Aber sie hatte keine Möglichkeit gehabt, sich mehr im Haushalt einzubinden und noch hatte sie keine Kinder bekommen. Das hatte sie nicht erfüllen können, aber sonst hatte sie immer versucht, dem Ideal zu entsprechen. Sportlichkeit, Höflichkeit, Respekt und natürlich unangetastete Treue und Vertrauen waren die Eigenschaften, die sie gelernt hatte und versucht hatte, umzusetzen. Was hatte ihr all das gebracht? Würde das Vertrauen, das sie in das Führungsregime gesetzt hatte, sie nun davor bewahren heimatlos zu werden? Würde sie die Höflichkeit wärmen, wenn sie in der Kälte fror? Was brachte ihr nun die Treue? Nichts! Sie würde als Flüchtling ohne Hab und Gut enden, genau wie bisher ihre Feinde.

Sie ging langsam auf das Abzeichen zu, nahm es in die Hand und starrte es an. Aber es gab ihr keine Antwort. Sein Anblick heiterte sie nicht auf, es verhöhnte sie und lachte sie aus. Ihre ganze Wut und Verzweiflung konzentrierte sich auf den Gegenstand in ihrer Hand.

Ohne zu denken, drehte sie sich um, ging aus dem Zimmer die Treppen hinunter und zog sich ihre warmen Sachen an. Was sie vorhatte, wusste sie nicht. Ihr war es auch egal, sie ließ den Gefühlen freien Lauf und dachte nicht nach.

Nachdem sie fertig angezogen war, zog sie die Tür auf und ging hinaus. Der eisige Wind zog an ihren Kleidern und fraß sich in ihre Haut. Es war wunderbar, passte so gut zu ihrem Inneren.

Sie ging los, stapfte durch den tiefen Schnee und konzentrierte sich nur auf die Kälte und Nässe. Fast spürte sie diese nicht. Immer weiter ging sie und wurde langsam schneller. Aus ihrem schnellen Gang wurde bald ein Laufen und daraus ein Rennen. Sie rannte durch den Winter und die Tränen rannen über ihr Gesicht. Sie wusste nicht, wann sie wieder zu weinen begonnen hatte. Ihr gesamter Körper war taub und sie stellte sich vor, dass das auch für ihre Gefühle galt. Das nasse Gesicht brannte in der Kälte und dem beißenden Wind. Anna wusste nicht, wohin oder warum, sie wusste nur, dass sie immer weiter laufen wollte, musste.

Die Landschaft lag wie immer friedlich da. Die Schneedecke würde sie bedecken, bis die Sonne wieder hervorkam. Aber das würde Anna nicht mehr erleben. Vielleicht würde sie nie wieder einen Frühling in ihrer Heimat erleben. Wer wusste schon wie, wo und ob sie ihn erleben würde.

Ihr Atem stach, der Hals brannte und die Füße schmerzten.

Sie wurde langsamer und blieb irgendwann stehen. Vor ihr lag die Oder, der Fluss, der das Land durchzog. So weit sie blicken konnte, sah sie nur Felder und Landschaft um das Flussbett. Sie war allein.

Langsam und schwer atmend trat Anna an den Abhang heran, unter dem der Fluss lag. Die Erde fiel vor ihr stark ab, sie schätzte, dass es acht Meter bergab ging. Das eisige Wasser rauschte an ihr vorbei und sie wünschte sich, dass sie ihren Schmerz einfach in den Abgrund werfen könnte. Sich ihm einfach entledigen und dabei zusehen, wie er weit weg gespült wurde. Aber er war in ihr, sie konnte ihn nicht einfach herauszerren und loswerden.

Noch nie zuvor in ihrem Leben war sie so verzweifelt gewesen. All ihre bisherigen Sorgen und Kummer schienen ihr nun unbedeutend.

Etwas stach hart gegen ihre Handfläche, die sie fest zu Fäusten geballt hatte.

Sie öffnete die Hand und sah einen kleinen schwarzroten Gegenstand mit einem Hakenkreuz darauf. Ihr hatte es so viel bedeutet, als er ihr feierlich angesteckt wurde und nun konnte sie nur noch Verachtung empfinden. Sie hatte gedacht, dass er ihr den Weg zeigen würde, der richtig war, der für sie bestimmt war und nun brachte er sie nicht mehr weiter, ließ sie im Stich und beraubte sie ihrer Heimat.

Sie wurde überflutet von Wut, von rotglühender Rage, die Überhand nahm, ihr den Schmerz nahm. Ihre Gefühle wollten heraus und Anna fing an, zu schreien. Sie schrie wie am Spieß, holte aus und warf das Abzeichen in den Fluss. Es fühlte sich richtig an und beruhigte sie.

In diesem Moment wünschte sie sich von ganzem Herzen, Richard wäre bei ihr, würde ihr Halt geben, würde sie trösten und für sie da sein.

Sie stutzte. Richard!

Wie sollte sie mit ihm Kontakt halten, wenn sie keine Anschrift hatte? Woher sollte er wissen, wo sie war? Sie musste ihm sofort schreiben, ihm alles erklären und einen Treffpunkt ausmachen, auch wenn sie seine Antwort nie erhalten würde.

Sie musste irgendetwas tun. Musste sich nützlich machen. Was tat sie hier allein am Fluss? Sie vergeudete kostbare Zeit, in der sie sich auf ihre Reise vorbereiten musste.

Sie wischte sich die Tränen aus dem Gesicht und versuchte, sich selbst Mut zuzureden.

Nun war die Zeit gekommen, um stark zu sein.

***

Sie trommelte gegen die Tür des Postamts.

Schon wieder weinte sie und konnte die Tränen nicht stoppen. Sie war verzweifelt. Warum hatte sie nicht daran gedacht, dass hier niemand mehr sein würde? Im Postamt brannte kein Licht, es war menschenleer. Die Dunkelheit im Inneren des Hauses übertrug sich auf ihren Gemütszustand.

Wenn sie eine Sekunde in den letzten Tagen dazu genutzt hätte, einen logischen Gedanken zu formen, wäre sie selbst darauf gekommen, dass niemand den letzten Tag in seinem Heim damit verschwenden würde, zur Arbeit zu gehen.

Sie hatte den Brief gleich geschrieben, vor zwei Tagen, als sie wieder vom Fluss zurückgekehrt war. Aber sie war nicht dazu gekommen, ihn aufzugeben. Alle hatten so viel zu tun gehabt, ihre Habseligkeiten zusammenpacken, mit den restlichen Dorfbewohnern zu besprechen, zu planen und alles zu organisieren.

Nun stand sie vor verschlossenen Türen und konnte Richard die Zeilen, die für ihn bestimmt waren, nicht mehr übermitteln. Woher sollte er wissen, was mit ihr passiert war, wenn sie es ihm nicht erklären konnte? Was, wenn er dachte, seine Frau wäre nicht mehr am Leben?

Voller Wut und Verzweiflung schlug sie wieder gegen die Türe und trat dagegen.

„Was machst du denn noch hier, Anna?"

Als sie die wohlbekannte Stimme vernahm, drehte sie sich zu Gerhard, bei dem sie immer Silvester verbrachten, um.

Er war einer der wenigen Männer, die das Glück hatten, nicht in den Krieg geschickt worden zu sein, litt er doch an Asthma.

„Ich muss Richard schreiben, ich muss ihm erklären, was hier passiert ist, ich muss ihm doch schreiben", schluchzte sie. Sie konnte nicht mehr klar denken, alles drehte sich.

Gerhard überwand die kleine Distanz zwischen ihnen und nahm sie in den Arm.

„Es wird alles gut. Glaub mir, ihr werdet ein neues, schönes Zuhause finden. Den Brief kannst du bestimmt am Weg in einem anderen Dorf abgeben. Dann wird er alles erfahren."

Seine tröstenden Worte fanden den Weg in Annas Herz. Sie fühlte sich besser. Auf diese Idee hätte sie eigentlich selber auch kommen können. Aber sie hatte keinen klaren Gedanken fassen können, die letzte Zeit war so intensiv gewesen.

Alle waren entsetzt gewesen und das absolute Chaos war ausgebrochen.

Der Dorfvorsteher hatte alle Hände voll zu tun, die Leute zu beruhigen und alles Nötige zu regeln.

Anna stutzte, hatte Gerhard *ihr* gesagt?

„Gerhard? Warum hast du gesagt, *ihr* werdet ein neues Heim finden? Du meinst doch eigentlich *wir*, oder?"

Hatte sie sich vielleicht verhört oder etwas missverstanden? Erwartungsvoll sah sie ihn an.

Aber er schüttelte wider Erwarten den Kopf.

„Nein, Anna. Wie stellst du dir das vor? Du weißt doch, dass Hilde Probleme mit dem Fuß hat. Wir würden den anderen nur zur Last fallen und deswegen werden wir hier bleiben." Er schien es ernst zu meinen, seine Stimme klang entschieden, so als würde er keinen Widerspruch dulden.

Wahrscheinlich war sie nicht die erste, die das für eine schreckliche Entscheidung hielt.

Sie ließ sich nicht davon abhalten, ihre Meinung zu sagen. „Das kann doch nicht dein Ernst sein. Das werdet ihr nicht überleben. Wenn ihr hier bleibt, ist das euer Untergang."

Gerhard schüttelte wieder den Kopf, diesmal traurig.

„Das ist unsere Entscheidung und ich möchte, dass ihr sie alle akzeptiert. Ich hoffe, ihr werdet ein neues Zuhause finden, wir haben unseres hier und das werden wir nicht einfach aufgeben. Und jetzt geh und hilf deiner Familie bei den letzten Vorbereitungen", sagte er fest.

Anna verstand nicht, sie konnte nicht nachvollziehen, warum Gerhard und Hilde beschlossen hatten, hier zu bleiben. Andererseits, wer wusste schon, wo sie ihr Weg hinführte? Wie groß war die Wahrscheinlichkeit, dass sie selbst überlebte?

Sie ließ die Schultern hängen und ihr stiegen wieder die Tränen in die Augen. Die Kraft ging ihr aus, sie konnte nicht mehr widersprechen oder

Gerhard erklären, wie unvernünftig seine Entscheidung war. Sie konnte nichts tun.

„Leb wohl, Gerhard. Ich wünsche euch nur das Beste."

Sie drehte sich ohne ein weiteres Wort um und ging. Sie war nicht in der Verfassung, um jemand anderem Trost zu spenden oder für ihn da zu sein. Es war die Entscheidung der beiden und ihr Wunsch, sie zu akzeptieren.

Anna schluchzte und weinte, bis sie zu Hause war.

Der Wald schien verlassener als je zuvor, war ihr doch zu bewusst, dass sie ihn wahrscheinlich nie wieder durschreiten würde. Sie musste unter Tränen lächeln, als ihr einfiel, wie sie Richard am Waldrand stehen gelassen hatte, als sie vor Angst vor ihm davongelaufen war.

All diese Erinnerungen musste sie nun in sich bewahren, die Umgebung, welche jene Geschichten erzählte, würde sie nicht mehr wiedersehen.

Wieder am Hof beschloss sie, Trost bei den Pferden zu suchen. Vor allem Rosi mit ihrer ruhigen Art konnte ihre Stimmung meist heben.

Sie ging quer über den verschneiten Hof zum Stall, dessen Tor weit offen stand. Der Geruch von Tieren hing in der Luft und im Stall war es wärmer als draußen.

Aber man konnte kein Geräusch vernehmen und in den Boxen fehlte jede Spur von den Pferden.

Wo waren sie? Wo war Rosi?

Verwirrt ging sie ins Haus. Sie musste ihre Mutter nicht lange suchen, denn diese befand sich in der Küche.

Es war alles für den Aufbruch am nächsten Tag vorbereitet.

„Wo sind unsere Pferde?", rief Anna ohne Begrüßung.

„Die mussten wir abgeben, sie werden an der Front gebraucht. Wir können jetzt nur mehr mitnehmen, was wir mit einem Schlitten ziehen oder selber tragen können", sagte ihre Mutter kalt.

Sie hatte begonnen, ihre Gefühle vor ihren Kindern zu verbergen und sich stark zu geben.

Aber sie konnte ihr nichts vormachen, denn sie hatte sie jede Nacht weinen hören. Es tat weh, ihre Mutter so verzweifelt zu sehen, aber sie konnte es nachvollziehen. Es war schrecklich, die geliebte Heimat verlassen zu müssen und genau wie Anna selbst hatte sie einen Mann, den sie nicht benachrichtigen konnte. Es war nur zu hoffen, dass sich dessen Anschrift nicht änderte, falls seine Truppen weiterzogen oder Schlimmeres passierte.

„Und du sagst mir nicht einmal Bescheid, dass ich mich verabschieden kann?", fragte Anna ungläubig.

Nur weil ihre Mutter ihnen in letzter Zeit vorgaukelte, ein Herz aus Eis zu haben, musste sie sich noch lange nicht so verhalten.

„Es geht hier nicht um dich, Anna, wir haben es alle nicht leicht, es sind schwere Zeiten. Jetzt deck den Tisch, damit wir essen können."

Sie begann widerspruchslos alles für das Essen vorzubereiten, eine Diskussion hatte keinen Sinn und würde nur noch weiter an den Nerven zerren.

Die Pferde und Gerhard waren nur der Anfang, sie würde sich bald von viel mehr verabschieden müssen.

***

In dieser Nacht konnte Anna nicht schlafen. Es war die letzte in diesem Bett und sie wälzte sich von einer Seite auf die andere. Angst durchbohrte sie.

In der Ferne meinte sie, das Krachen von Bomben zu vernehmen, aber sie wusste nicht, ob ihr das Unterbewusstsein einen Streich spielte.

Immer, wenn sie gerade zu dösen begann, schreckte sie wieder auf, wurde vom vermeintlichen Lärm in der Ferne geweckt. Wenn sie tatsächlich Bomben hörte, wie nah war dann die Rote Armee? Würden sie rechtzeitig das Dorf verlassen können? Was war, wenn sich die Leute mit dem Eintreffen der Armee verschätzt hatten?

Eigentlich sollte sie Kräfte sammeln, der nächste Tag würde sehr anstrengend werden und der darauf ebenso.

Die Angst vermischte sich mit Kummer. Ihr rann eine einzelne Träne übers Gesicht in den Kopfpolster. Wie viele Tränen sie in den letzten Tagen vergossen hatte, konnte sie nicht beziffern, aber sie schienen auszugehen. Immer weniger Nässe sammelte sich in ihren Augen, es ging über in trockenes Schluchzen.

Was würde der nächste Tag bringen? Wie aussehen? Anna wusste, sie machten sich vorerst Richtung Nordwesten auf, aber nicht nach Norddeutschland, sondern später nach Tschechien. Warum sie diesen Weg einschlugen, wusste sie nicht. Aber im Grunde war es ihr auch egal, sie würde überall heimatlos sein, welchen Unterschied machte es da, wo? Wenn also der Dorfvorsteher beschlossen hatte, in diese Richtung zu gehen, würde sie keinen Gedanken an die Richtigkeit dieser Entscheidung verschwenden.

Sie würde natürlich bei ihrer Familie bleiben. Was hatte sie sonst auf dieser Flucht?

Sie hatte eine Handvoll Habseligkeiten, ihre Familie, die Erinnerungen an ihren Mann und vorerst noch ihr Leben.

Wieder meinte sie, einen Knall in der Ferne zu hören.

Auch wenn sie wusste, dass es dumm war, hielt sie es nicht mehr im Bett aus. Sie mussten los, mussten sich in Sicherheit bringen.

Anna war sich nun fast sicher, Getöse vom Donner oder von Bomben zu hören. In der Dunkelheit zu liegen, kurbelte außerdem ihre Gedanken und Fantasien an und momentan wollte sie von beiden nichts wissen. So gut es ging, wollte sie verdrängen, was an diesem Tag geschehen würde.

So schob sie die Decke zurück und stand auf. Es würde sowieso bald Zeit werden, aufzustehen.

Das Gewand für den Morgen hatte sie am Abend zuvor bereitgelegt, damit die Kleidung gut gewählt war.

Sie zog sich ihre dicksten Strümpfe an, die sie immer warm hielten, darüber einen langen Rock, den sie immer für Spaziergänge und Wanderungen anzog. Ein dünnes Unterleibchen und zwei lange darüber. Um nicht zu frieren, zog sie darüber einen gestrickten Pullover an. Später würde sie sich noch einen Mantel überwerfen.

All dies war, abgesehen von einem Wechselgewand, das einzige, das sie an Kleidung mitnehmen konnte. Der Großteil ihres Besitzes würde zu Hause bleiben.

Verächtlich lachte Anna.

Zu Hause.

Dieses Haus würde von diesem Morgen an nicht mehr ihr Zuhause sein. Es war nur noch ein leerstehendes Haus. Wer wusste schon, was damit passierte? Vielleicht wurde es besetzt, abgebrannt, niemand aus ihrem Dorf wusste es. Würden sie wieder zurückkehren können, wie manche meinten?

Sie ging hinunter in die Küche, um die restliche Zeit totzuschlagen.

Sie würden noch ein reichliches Mahl zu sich nehmen und dann aufbrechen.

Als sie die Tür aufschob, empfing sie überraschend Licht und ein köstlicher Duft nach Brei, Tee und Brot.

Ihre Mutter schien dieselben Schlafprobleme gehabt zu haben, wie sie selbst. Alles war für ihr letztes Mahl an diesem Tisch vorbereitet.

Erleichtert, nicht allein zu sein, setzte sie sich auf die Bank und schenkte sich eine Tasse Tee ein.

Auch das ganze Geschirr würde hier bleiben, stellte sie bedauernd fest. Sie hatte zur Hochzeit hübsche Teller geschenkt bekommen, die sie noch nicht einmal hatte benutzen können.

„Guten Morgen, Mutti. Hast du den Krach auch gehört?"

Sie hoffte, dass ihre Mutter sie beruhigen würde und tatsächlich schüttelte diese den Kopf.

Ihr fiel ein Stein vom Herzen.

„Danke, dass du alles vorbereitet hast."

Sie wusste, sie würde keine Antwort bekommen, aber ihr war wichtig, sich zu bedanken.

Der Tee wärmte und sie fühlte sich ein bisschen besser.

Nach und nach kamen auch ihre Geschwister und sie aßen zu viert, schweigend, das letzte Mahl in Kobelwitz.

Ihre Mutter ließ das Gebet an diesem Tag aus und Anna fragte sich, ob sie sich auch so verlassen fühlte, wie sie selbst.

Als sie aufgegessen hatten, standen sie langsam auf.

Nur Marie war immer noch davon überzeugt, ein großes Abenteuer zu beginnen und keine Umsiedelung. Beinahe beneidete Anna sie um ihre Leichtigkeit und Naivität. Sie selbst fühlte sich schwer wie ein Stein, der gerade in einem bodenlosen Gewässer versank.

Jeder hatte seinen Rucksack mit den wenigen Habseligkeiten gepackt und im dunklen Gang stehen.

Anna zog sich ihre guten Winterschuhe und den Mantel an, bedeckte ihren Kopf mit einem dicken Kopftuch und zog sich Handschuhe über. Prüfend versuchte sie, das Gewicht des Rucksackes auf ihren Rücken zu laden. Er war schwer, aber vorerst ging es.

Sie hatte versucht, nur nützliche Gegenstände mitzunehmen, es blieb ihr beinahe kein Platz für Emotionales. Nur ihren schönsten Schmuck, den sie immer zur Tracht trug, einige Briefe von Richard und ein paar Fotos hatte sie eingepackt.

Sie wagte noch einen Blick in den Spiegel neben der Tür, atmete tief durch, zog das Tor auf und ging als Erste hinaus.

Die Kälte schlug ihr entgegen wie eine eisige Begrüßung in die Heimatlosigkeit. Momentan schneite es nicht, aber es gab keine Garantie, dass es nicht jeden Moment beginnen würde.

Sie stapfte über den Hof und warf einen Blick zurück auf ihr altes Heim. Das Haus war schwer beladen mit Schnee und wirkte friedlich.

Marie sprang mit vor Aufregung geröteten Wangen durch die Tür. Sie hatte auch einen großen Rucksack am Rücken, aber die Last schien sie nicht zu stören. Ihre blonden Zöpfe schauten unter ihrem blauen Kopftuch heraus und sie sah wie immer niedlich aus. Keine Spur von Schmerz oder Bedauern.

Als letztes kam ihre Mutter, sie ging mit Franz an der Hand durch die Tür. Es vermittelte den Eindruck, als würde sie in der kleinen Hand ihres Sohnes Trost suchen, als würde er sie führen und nicht umgekehrt.

Sorgsam verschloss sie die Tür, wahrscheinlich eher ein Akt der Verabschiedung, als ein Schutz für das Haus.

Nachdem ihre Mutter den vorbereiteten Holzschlitten, der voll beladen neben der Tür gestanden hatte, an der Schnur nahm, kamen die drei zu Anna und sahen auf den Ort ihres bisherigen Lebens.

Anna hatte das Bedürfnis, etwas zu sagen, wie man es beim Grab einer Freundin tun würde, aber ihr fiel nichts ein, das ihren Schmerz gelindert hätte. Ihr fiel auf, dass ihr Kinn zitterte, aber sie blieb stumm.

Schon mehrmals hatte sie an diesem Ort Richard verabschieden müssen, ohne zu wissen, wann sie ihn wiedersehen würde. Nun kam es ihr so vor, als würde sie sich von einem Stück ihrer selbst verabschieden.

Anna machte wieder den Anfang, drehte sich mit einem Ruck um und ging los.

Sie gingen die Straße entlang zur Kirche im Dorf, wo der Treffpunkt ausgemacht war. Der schnellere Weg wäre durch den Wald, aber mit Sack und Pack war das nicht zu bewältigen.

Ihre Füße sanken im Schnee bis zu den Waden ein. Das würde die Reise noch ungemein erschweren.

Anna setzte einen Fuß vor den anderen, versuchte, über nichts anderes nachzudenken, als die gleichbleibende Bewegung.

Noch weit von der Kirche entfernt, konnte Anna die Menschenansammlung erkennen, der sie sich langsam näherten. Es hatten sich beinahe alle Bewohner versammelt, die noch übrig waren, sowohl Leute aus Kobelwitz als auch aus Knignitz, dem Nachbarsort. Anna schätze die Anzahl an Leuten auf ungefähr 300. Nur eine Handvoll Bewohner hatten sich dazu entschieden, zu bleiben, außer Gerhard und

Hilde noch drei Bäuerinnen und vier ortsansässige polnische Familien würden ausharren. Was aus ihnen wurde, konnte niemand einschätzen, aber gut standen die Chancen, zu überleben, nicht.

Es waren Nachbarn, Bekannte, Freunde und ein gutes Duzend Soldaten anwesend, alle schauten betrübt drein.

Später würden sich noch vier weitere Dörfer ihrem Treck anschließen. Am Ende des Tages würden sie, wenn alles lief wie geplant, knapp 900 Personen sein, die gemeinsam unterwegs sein würden.

Dafür, dass so viele Leute anwesend waren, war es leise. Man hörte nur verhaltenes Flüstern und hie und da ein Schluchzen oder das Schnauben der Pferde und Ochsen, die zum Transport von Lebensmitteln oder schwachen Menschen dienten. Es standen viele Wägen zwischen den Menschen, viele hatten Schlitten mitgebracht oder kleine Karren.

Ihre Familie begab sich zu den anderen und gemeinsam warteten alle auf den Aufbruch.

Anna war tief in Gedanken versunken, ihr war nicht danach, ein Gespräch anzufangen, oder sich umzuschauen, wer schon aller hier war. Sie starrte die Kirche an. Der hohe Kirchturm stand vor ihnen und sah so vertraut aus mit seinem dunklen Dach und dem verzierten Tor.

Wie oft hatten sie diese evangelische Kirche besucht? Wie oft hatte sie darin gebetet, oder ein Fest gefeiert?

Aber all jene Erinnerungen verblassten neben der, in welcher Richard vor dem Tor stand, das Gesicht der Sonne zugewandt. Es kam ihr vor, als wäre es ein gesamtes Menschenleben her, dass sie ihn verstohlen dabei bewundert hatte.

Jetzt wusste sie nicht einmal, ob sie ihn jemals wiedersehen würde.

Wie von weit weg hörte sie eine Stimme. Sie schüttelte den Kopf, um wieder alle Sinne zu sammeln.

Siegbert, der Dorfvorsteher, sprach gerade zu den versammelten Menschen. Er war ein hochgewachsener, dünner Mann mit einem langen Gesicht und hellen Haaren. Manchmal machte er einen strengen Eindruck, aber die gesamte Gemeinde achtete ihn für seine Klugheit und Besonnenheit.

Sie musste sich konzentrieren, um ihn verstehen zu können. "… uns beeilen, denn der Feind rückt näher. In der Nacht konnten wir schon die Bomben hören."

Anna unterdrückte einen Aufschrei. Sie hatte sich also nicht getäuscht, der Feind war schon so nahe, dass man ihn hören konnte. Es jagte ihr eine höllische Angst ein, zu wissen, dass der Schrecken, von dem sie schon so oft gehört hatte, so dicht hinter ihnen lag.

Sie zwang sich, weiter zuzuhören und nicht einfach schreiend das Weite zu suchen.

„Wir müssen unbedingt Raum zwischen uns und der Roten Armee schaffen, deswegen müssen wir den ersten Abschnitt ohne Pause hinter uns bringen. Wir müssen bis Obernigk durchhalten, bis wir uns eine Rast erlauben können. Die Häuser dort stehen leer, weil die Bewohner schon umgesiedelt wurden. Haben wir diesen Abschnitt geschafft und uns einen Vorsprung erarbeitet, ist es möglich, langsamer zu marschieren. Wir haben hier im Dorf immer gut zusammengehalten. Ich bitte euch, lasst uns dies auch jetzt tun. Helfen wir uns gegenseitig und wir werden gemeinsam auch diese schwierige Zeit überstehen. Nun lasst uns aufbrechen."

Niemand stellte Fragen, immer noch lag diese erdrückende Stille über den Menschen. Alle starrten den Sprecher an, ungläubig und verzweifelt. Es war ein ungewisser Weg, den sie vor sich hatten. Sie mussten bestimmt viele Stunden gehen, um nach Obernigk zu gelangen.

„Wie sollen wir das schaffen?", rief eine Frau panisch.

Ihre Augen waren vor Schreck aufgerissen und ihre Frage spiegelte die allgemeine Stimmung wider.

„Wir haben keine Wahl. Teilt euch eure Kraft gut ein, ihr werdet sie brauchen. Und nun, lasst uns aufhören, wertvolle Zeit zu verschwenden. Versteht ihr denn nicht? Es gibt keine Alternative!"

Diese klaren Worte schienen die Menschen zu brauchen, denn ohne weiteren Widerstand setzen sie sich in Bewegung.

Annas Kehle war wie zugeschnürt, sie musste ihren Kiefer fest zusammenpressen, um keinen Ton der Wehklage von sich zu geben. Das Atmen wollte ihr nicht so recht gelingen und sie zwang sich, einen Schritt zu tun. Die Angst lähmte ihre Glieder und sie konnte sich nicht vorstellen, wie dieser Ort ihrer Vergangenheit nun Gefahr bedeuten konnte.

Der zweite Schritt schien genauso unmöglich, aber sie trieb sich an und versuchte mit aller Macht, ihre Gedanken abzustellen. Versuchte, sich auf ihre körperlichen Empfindungen zu konzentrieren. Auf die eisige Kälte, die ihr ins Gesicht schnitt, das Gewicht auf ihren Schultern und den Schnee unter ihren Schuhen.

So setzte sie einen Schritt nach dem anderen inmitten vieler anderer, die sich genauso zwingen mussten, ihr Dorf zurückzulassen.

Bald schon waren die Gebäude weit hinter ihnen, Anna wandte sich nicht mehr um, warf keinen Blick mehr zurück, nun musste sie nach vorne schauen. Sie befürchtete außerdem, dass wenn sie ihrem Dorf dabei zusah, wie es langsam kleiner wurde, sie nicht die Kraft aufbringen würde, sich auch nur einen Meter weiter zu bewegen.

Was mit dem Dorf, den Tieren und den Menschen, die dort geblieben waren wie Gerhard, geschehen würde, wollte sie sich nicht ausmalen.

Wie lange würde es dauern, bis die Rote Armee einziehen würde? Tage? Stunden? Was geschah dann mit ihren alten Habseligkeiten?

Anna hatte nicht das Gefühl, dass sie je wiederkehren und sehen würde, was passiert war, auch wenn ihnen das immer versprochen wurde.

Konnte es sein, dass der Angriff abgebrochen wurde und sie alle in ihr unversehrtes Heim zurück konnten? Sie verwarf den Gedanke wieder, sie wollte keine falsche Hoffnung zulassen.

Dass sie von ihrem Vorsatz, jetzt nicht über all diese Dinge nachzudenken, abgekommen war, merkte sie erst jetzt. Schnell konzentrierte sie sich wieder auf den Weg und den Schnee, was keine schlechte Idee war, denn er war eisig und rutschig.

Das Vorankommen war schwer, denn der Schnee war hier noch nicht geräumt worden. Es kostete viel Kraft, überhaupt von der Stelle zu kommen und sie mochte sich nicht ausmalen, wie lang sie diese Tortur nun über sich ergehen lassen musste.

Die Karren wurden mit aller Kraft geschoben und das Pferd, das neben ihr einen Wagen zog, schien sich auch sehr anzustrengen, um seine Last vom Fleck zu bekommen.

Nun, da Anna ihre Umwelt wieder wahrnahm, blickte sie sich nach ihrer Familie um. Sie sah ihre

Mutter, die mit Franz etwas zurückgefallen war, sichtlich mit dem Schlitten kämpfen. Anna schalt sich für ihren Egoismus und wartete auf die beiden. Wortlos nahm sie ihrer Mutter die Schnur zum Schlitten aus der Hand, um ihn selbst zu ziehen. Belohnt wurde sie dafür mit einem dankbaren Blick und sie fühlte sich gleich etwas besser.

Nun musste sie sich auf die Anstrengung konzentrieren, sich selbst und den Schlitten vorwärts zu bekommen. Sie war nur froh, dass der Weg eben war und nicht anstieg.

Das Winterland, das Anna normalerweise mit seiner Schönheit berauschte, kam ihr heute karg und trist vor. sah nichts, nur weit und breit weiß.

Schon nach ein paar Minuten fing sie an, unter ihren vielen Kleiderschichten und der Anstrengung zu schwitzen. Da hatten die Leute auf den Wagen andere Probleme mit der Temperatur von minus fünfzehn Grad. Die Haare froren ein und man sah, wie sie sich mit Decken vor der Kälte zu schützen versuchten.

Wie sollten sie alle diesen Marsch heil überstehen? Die Strapazen würden bestimmt nicht alle auf eine längere Zeit überleben. Es blieb nur zu hoffen, dass sie nicht allzu lange unterwegs waren.

Anna war zäh vom vielen Arbeiten, aber als die Dämmerung kam, war sie am Rande ihrer Kraft angelangt.

Sie hatten mit viel Mühe einen kleinen Platz auf dem Schlitten freigeräumt, auf dem Franz sitzen konnte, nachdem er immer langsamer geworden war und irgendwann keinen Schritt mehr geschafft hatte.

Nun musste Anna auch noch sein Gewicht ziehen. Beim schweren Atmen stach die kalte Luft im Hals und ihre Füße schmerzten. Ihre Hand war schon ganz zerschunden und gerötet, da die Schnur des Schlittens in ihre Haut schnitt. Das Schlimmste aber war die Gewissheit, dass sie gerade einmal ein Drittel der Strecke zurückgelegt hatten.

Es wurde immer dunkler und noch kälter. Das einzige Glück war, dass es immer noch nicht schneite.

Die einzelnen Haare, die unter Annas Kopftuch und Mantel hervorschauten, waren vereist und sie konnte die Teile des Gesichts nicht mehr spüren, die sie nicht abdecken konnte. Ihr Tuch hatte sie soweit es ging heruntergezogen und einen Schal bis über ihre Nase gewickelt.

So ging sie weiter und weiter, die Aussicht auf Ruhe schien endlos weit entfernt.

Tief in der Nacht brach eine Frau zusammen. Sie stürzte und blieb reglos liegen. Es war Mizi, eine Bäuerin, die ganz in Annas Nähe gewohnt hatte. Jeden Sonntag nach der Messe hatte sie mit selbstgebackenem Kuchen vor der Kirche gewartet, den sie verteilt hatte. Sie war eine gutmütige Frau, früher einmal sehr sportlich, war sie nun in die Jahre gekommen und nicht mehr geschaffen für solch eine Plagerei.

Sie wurde auf einen der Wägen geladen und man kümmerte sich um sie, so gut es ging. Bestimmt würde sie sich wieder erholen, aber sie würde nur die erste von vielen sein, die nicht mehr weiter konnten.

So beschloss Siegbert, eine Pause von vier Stunden einzulegen, und keine Minute mehr, wie er ermahnte.

Es wurden Feuer entzündet und alle versuchten, es sich gemütlich zu machen, was nicht einfach war. Es war noch kälter geworden und niemand hegte Zweifel daran, dass das Einschlafen ohne die Wärme eines der Feuer und im Schnee den Tod durch erfrieren bringen würde. So versuchten sich alle möglichst nahe an die Feuer zu rücken, auf einem Baumstamm oder freigeschaufelten Flächen, mit Decken oder ähnlichem.

Anna döste an einem der Feuer und machte sich diesmal keine Sorgen um ihre Empfindungen, sie war zu müde, um noch einen klaren Gedanken zu fassen.

Viel zu schnell wurden sie zum Weitergehen gedrängt. Aber die Tatsache, dass man in der Ferne immer noch bedrohliches Dröhnen vernahm, das näher zu kommen schien, ließ niemanden protestieren.

Es wurde ausgemacht, am Vormittag des nächsten Tages noch eine Rast einzulegen. Dann würden sie den nächsten Halt erst wieder in Obernigk machen, wo sie dann aber eine ganze Nacht lang in richtigen Betten Kraft schöpfen konnten.

***

Es war ein komisches Gefühl, in Obernigk anzukommen.

Anna war schon einmal mit ihren Eltern dort gewesen, um Bekannte zu besuchen. Aber es schien nicht derselbe Ort zu sein.

Es war ein freundlicher Tag gewesen und das Leben hatte sich in den Straßen getummelt. Die Leute waren fleißig und freundlich gewesen, waren nett mit ihnen umgegangen und vor und in den Häusern war damals viel los.

Nun war es anders. Es war eisig und schneebedeckt, nichts regte sich nun, der Ort war menschenleer. Sie selbst waren die einzigen, die auf den Straßen wanderten, die Kälte wohnte nun dort und sonst niemand mehr. Ihr großer Treck machte eine Menge Lärm, aber er fiel wie ein Echo von den ausgestorbenen Häusern zurück. Es war dunkel, aber das lag nicht nur daran, dass schon wieder die Nacht hereingebrochen war, der Grund war, dass kein einziges

Licht brannte. In den Häusern war es finster und das ganze Dorf wirkte leblos.

Die Leute begannen, die Häuser zu beziehen, das war immerhin besser, als auf der Straße zu übernachten.

Wahllos ging Anna mit ihrer Familie durch die dunklen Straßen.

Franz stolperte immer wieder vor Müdigkeit und wäre bestimmt gefallen, hätte ihre Mutter ihn nicht fest an der Hand genommen.

Marie zog zur Abwechslung den Schlitten, diese Idee war ihr selbst natürlich nicht gekommen, Anna hatte ihn ihr mit harschen Worten einfach in die Hand gedrückt.

Welches Haus sollten sie wählen? Es schien ihr so respektlos, einfach in das Haus einer fremden Familie einzukehren.

„Welches sollen wir nehmen?", fragte sie.

Sie wollte nicht die Entscheidung fällen, in welches Heim sie einbrachen.

„Ist doch egal, ich bin todmüde! Nehmen wir einfach das", meinte Marie und wies auf das am nächsten stehende Haus.

Es war recht klein und wirkte schon etwas verfallen, aber bestimmt noch soweit in Ordnung, um eine Nacht darin zu verbringen. Von der Hauptstraße führte ähnlich wie bei ihnen zu Hause ein Weg über einen Hof direkt zum Haus. Bestimmt würden sich dahinter die Felder oder ein Stall befinden.

So bewältigten sie die kurze Distanz zu ihrem Quartier. Es war, als würde Annas restliches Bisschen an Kraft bei diesen letzten Metern komplett aufgebraucht. Ihr Magen knurrte, jeder Schritt wurde schwerer und die Augen offen zu halten, erwies sich als beinahe unmöglich. Schadenfroh erkannte sie, dass auch Marie Schwierigkeiten zu haben schien, sich noch weiter fortzubewegen. Ob sie immer noch so abenteuerlustig war? Oder war ihr die Freude an dieser Reise schon vergangen?

Als sie sich dem Haus näherten, kam Anna der schreckliche Gedanke, dass es vielleicht abgeschlossen war. Wenn dem so war, mussten sie weiter suchen, um ein Schlaflager zu finden. Aber bevor sie sich verrückt machen konnte, drückte ihre Mutter die Türklinke hinunter und die Tür ging problemlos auf.

Anna atmete tief ein, ohne es zu merken, hatte sie vor Spannung die Luft angehalten.

Sie gingen nacheinander in den kleinen Raum, wobei der Platz kaum für sie alle reichte, zusammen mit dem Schlitten, den Marie nicht draußen stehen lassen wollte. Im Raum waren ein paar Haken für Kleidung angebracht und er war ansonsten leer.

Anna zog sich aus, stellte den Rucksack ab und folgte ihrer Mutter durch die einzige Tür, die von dem Raum wegführte.

Das angrenzende Zimmer war eine Küche, auch sehr spärlich eingerichtet, mit einem Ofen, einer Spüle, einem kleinen Tisch mit drei Stühlen, einem geschlossenen Schrank und ein paar Regalen an der Wand.

Eine große Familie konnte hier nicht gewohnt haben, dafür wäre zu wenig Platz gewesen.

Alles wies darauf hin, dass das Haus in aller Eile ausgeräumt worden war, wahrscheinlich traf der Befehl zum Aufbruch sehr überraschend ein.

Die Regale waren beinahe leer, in einem standen noch eine Handvoll Gewürze, in einem anderen eine kaputte Uhr. Zwei Türen befanden sich in dem Raum und Annas Hunger trieb sie, zu einer zu gehen. Das Glück war ihr gesonnen, denn als sie diese aufzog, bemerkte sie, dass sich dahinter eine Speis befand. Der kleine Raum war beinahe vollkommen ausgeräumt, aber ein paar Lebensmittel standen noch in den Regalen, welche die Besitzer vermutlich nicht mehr hatten mitnehmen können. Sie sah ein Glas Mehl, eines mit eingelegtem Sauerkraut und einen Sack Kartoffeln. Abgesehen von dem Mehl nahm sie alles mit und ging zurück in die Küche.

Ihre Mutter war gerade dabei, den Ofen anzuheizen.

Anna lud ihren gefundenen Schatz auf der Arbeitsfläche ab, wo sich schon Lindenblüten befanden, die ihre Mutter in der Zwischenzeit gefunden hatte. Danach ging sie zum Schrank und zog ihn auf. Erfreut stellte sie fest, dass er voll mit Geschirr war.

„Wo ist denn Marie? Sie könnte uns helfen", wandte sich Anna an ihre Mutter.

Franz saß auf einem der Stühle und schlief, diese Reise brachte ihn ans Ende seiner Kräfte. Aber von Marie war keine Spur zu sehen.

„Sie versucht, uns Schlaflager zu richten, damit wir dann gleich schlafen gehen können. Wir müssen alle wieder zu Kräften kommen."

Das sah Anna ein, so begann sie allein, den Tisch zu decken. Es würde eng werden, aber bemessen an der Freude, etwas zu essen zu bekommen, würde sie der Platzmangel nicht weiter stören.

Als sie fertig aufgedeckt hatte, nahm sie eine Teekanne aus dem Schrank und stellte Wasser zum Kochen auf den Ofen. Ein Tee, gewonnen aus den Lindenblüten, würde sie wieder etwas aufwärmen. Der Ofen tat sein Bestes, um Wärme in ihre einge- frorenen Glieder zu bringen.

Marie kam gerade mit ein paar Eiern in den Händen wieder in den Raum, als der Tee fertig am Tisch stand.

„Die habe ich draußen in einem Nest gefunden und wir können sie für Rührei verwenden." Ihre Wangen waren vor Stolz rot gefärbt. Ihre Mutter nahm alles entgegen und fing an, das Mahl zuzube- reiten.

Als alles am Tisch stand, lief Anna das Wasser im Mund zusammen, ein Festschmaus, betrachtete man die Umstände.

Sie rüttelte Franz an der Schulter, um ihn wach zu bekommen und wies ihn an, aufzustehen, denn er musste auf dem Schoß der Mutter Platz nehmen, da es nur drei Sessel gab.

„Mahlzeit!", rief ihre Mutter, sie beteten nun schon knapp eine Woche nicht mehr vor dem Mahl.

Anna konnte sich nicht beherrschen und griff als erste herzhaft zu. Beim Essen fühlte sie sich gleich viel besser.

„Wohin geht es eigentlich weiter?", fragte Marie mit vollem Mund.

Die Frage war berechtigt, denn auch Anna wusste nicht, wohin es am nächsten Tag gehen würde. Sie war so auf sich selbst konzentriert gewesen, dass sie noch immer mit fast niemandem gesprochen hatte. Sie nahm sich fest vor, ihr Verhalten am nächsten Tag zu ändern, um zu wissen, wie die Dinge standen.

„Morgen werden wir mit Tageseinbruch Richtung Jauer weitergehen, über sechzig Kilometer. Ich hoffe, so geht es nicht weiter, niemand wird solche Strapazen lange überstehen", antwortete ihre Mutter unter betretenem Kopfschütteln.

Dieser Aussage konnte Anna nur beipflichten. Sie hatte beobachtet, wie sich die Leute weiterschleppten, wie sie die Erschöpfung abzuschütteln versuchten. Der Dorfvorsteher hatte sich als umsichtiger Treckführer erwiesen, kümmerte sich um die große Gruppe und achtete sehr darauf, niemanden zurückfallen zu lassen. Er versuchte, dort beizustehen, wo es notwendig war, teilte Leute ein, die halfen oder schuf Platz für schwache Personen auf

156

einem der Wägen. Aber trotzdem würde er bald die Dauer der einzelnen Abschnitte verkürzen müssen, sonst würden die Leute nicht mehr in der Lage sein, überhaupt noch weiterzugehen.

Marie hatte scheinbar genauer zugehört, denn ihr fiel sofort auf, was ihre Mutter eigentlich gesagt hatte. „Was meinst du mit *lange*? Weißt du wie lange das Ganze noch dauern wird? Oder wo wir eigentlich hingehen?"

Wieder einmal fragte sich Anna, was sich ihre kleine Schwester bei dieser Reise vorgestellt hatte.

„Ich weiß nicht, wo genau unser Ziel liegt. Aber vorerst werden wir noch ein Stück Richtung Norden gehen, um dann nach Westen zu kommen. Wahrscheinlich weiter in das Riesengebirge, dann über Tschechien nach Deutschland. Es wird noch Wochen dauern, wenn nicht Monate, bis wir einen Platz finden, an dem wir bleiben können und in Sicherheit sind."

Sie hatte die Wahrheit kalt ausgesprochen und das war beinahe zu viel für Anna. Sie hatte gewusst, dass sie lange unterwegs sein würden, aber Monate? Wie sollten sie das durchstehen?

Betroffen sah sie auf ihren leeren Teller, versuchte, sich nicht anmerken zu lassen, wie schockiert sie war.

Marie schien nun doch nicht mehr so erfreut über ihr Abenteuer, denn ihr Mund blieb offen stehen. Sie rührte sich ein paar Sekunden nicht, bis ihr einfiel, dass sie sich nun nicht die Blöße geben wollte, allzu schockiert zu sein.

„Na, dann geh' ich lieber schlafen", sagte sie darauf, scheinbar leichthin. Aber Anna bemerkte, dass ihre Finger zitterten, als sie ihr Geschirr nahm, um es abzuspülen.

„Es gibt zwei Betten, Anna, wir werden uns eines teilen müssen. Franz kann mit Mutti zusammen schlafen. Gute Nacht", sagte Marie noch, bevor sie den Raum verließ.

Anna beschloss, sich noch waschen zu gehen, denn frisch fühlte sie sich schon lange nicht mehr. Sie holte ihren Rucksack und begab sich in den angrenzenden Raum der Küche, in dem sich eine Treppe befand, die zu den beiden Schlafzimmern führte.

Nachdem sich Anna hinter dem Haus ein bisschen gewaschen hatte, fühlte sie sich gleich viel besser und frischer. Sie erklomm die Stiegen und spähte in das erste Zimmer, wo sie Marie in einem relativ großen Bett entdeckte. Sie schlüpfte in das Zimmer und fiel ins Bett, ohne noch weiter auf ihre Umgebung zu achten. Ihr Unwillen, in einem Bett zu schlafen, welches jemandem gehörte, der nicht wusste, dass sein Haus für diese Nacht neue Besitzer hatte, wurde von ihrer Freude über etwas Ruhe und Entspannung weggewischt. Die von Marie hergerichtete und nach jemand fremdem riechende Decke zog sie sich bis zum Kinn und schloss die Augen.

Ihr letzter Gedanke bevor sie einschlief galt Richard. Würde sie ihn je wiedersehen?

Nachdem sie am Morgen Reste des Abendessens vertilgt hatten, machten sie sich wieder auf den Weg.

Es kostete Anna einige Überwindung, die Türe hinaus zur Kälte aufzuziehen. Sie wollte nicht weiter, wollte einen Ruhetag oder zwei. Aber das stand nicht zur Debatte, sie mussten weiter, mussten durchhalten, durften nicht aufgeben. Den Schlitten trug sie über die Schwelle und stellte ihn vor dem Haus ab. Das Gewicht des Rucksacks kam ihr heute noch größer vor, so als wolle er sie zu Boden ziehen.

Sie hatte schon einmal eine Wanderung gemacht, die mehrere Tage gedauert hatte und da hatte sie auch einen Rucksack dabei gehabt. Aber damals war es warm gewesen, sie musste nicht durch tiefen Schnee stapfen und sie hatte nicht mit Zukunfts- und Existenzängsten zu kämpfen gehabt.

Vor dem Häuschen wartete sie auf den Rest ihrer Familie und bedankte sich innerlich bei den Besitzern ihrer Unterkunft. Sie hatten die Möglichkeit gehabt, sich auszuruhen und Kraft zu tanken und das hatte sie ihnen zu verdanken.

Es war schwierig, diesen Zufluchtsort hinter sich zu lassen und wieder ins Ungewisse aufzubrechen. Der Wind zerrte an Annas Kleidung und aufgewirbelter Schnee stach ihr wie Nadeln ins Gesicht.

Sie fröstelte, wo blieben die anderen?

Sie musste sich bewegen, wenn sie nicht gleich am Anfang des Tages erfrieren wollte. Es schneite zwar immer noch nicht, aber an diesem Tag stürmte es stark und es gab Schneeverwehungen, die den Eindruck erweckten, dass der Schnee von allen Seiten kam. Das würde ein schlimmer Tag werden, wenn der Sturm auf ebener Fläche auf sie einpeitschte.

Endlich kam Marie mit Franz an der Hand und ihre Mutter. Alle sahen ein bisschen ausgeruhter aus und Maries Augen glänzten schon wieder vor Tatendrang.

Kopfschüttelnd drehte sich Anna um und ging voraus zurück auf die Straße und Richtung Dorfzentrum, wo sich ihr Treck wieder zusammenfinden würde. Den Schal zog sie wieder bis zu den Augen, es war furchtbar kalt.

Aber an dieses Gefühl würde sie sich gewöhnen müssen.

***

Sie waren nun schon eine Wochen unterwegs und die Tage verschwammen ineinander. Jeder war ähnlich dem vorhergegangenen. Sie gingen immer weiter durch die Kälte, durch den Schmerz und die Heimatlosigkeit. Die Landschaft veränderte sich beim Vorankommen. Es wurde hügeliger und uneben, was das Gehen erschwerte. Oft stießen sie auf andere Trecks, manchmal tummelten sich ganze Menschenmassen auf den Straßen. Alle waren sie Heimatlose, unterwegs in der Hoffnung, ein sichereres Gebiet zu finden. Die Wägen mussten bergauf geschoben werden, alle mussten anpacken, denn die Pferde und Ochsen schafften es nicht ohne Hilfe, ihre Last die Hügel hinaufzuziehen. Ohne den Zusammenhalt ihres Trecks und die gute Führung Siegberts hätten es viele nicht so weit geschafft, denn die Bedingungen wurden immer schwerer. Wo endlich ein Wagen auf einen Hügel gehievt worden war, hörte die Anstrengung noch nicht auf. Denn so wenig der Wagen auf den Berg wollte, so sehr wollte er wieder herunter. Um sein Wegrutschen zu verhindern, mussten nun alle versuchen, ihn zu bremsen, was genauso anstrengend war, wie das Bergaufschieben. Zu allem Überfluss hatte der Schneefall nun doch eingesetzt.

Dieser Tag war wetterbedingt der anstrengendste bisher. Die Sicht war schlecht, da der starke Wind den Schnee wild umherwirbelte.

Anna mühte sich mit ihrem Rucksack ab und wenn sie noch ein bisschen Kraft besaß oder sonst niemandem helfen musste, zog sie den Schlitten.

Ihre Mutter hatte alle Hände mit Franz zu tun, den seine Füße oft nicht mehr tragen wollten.

Marie war die meiste Zeit mit Ilse unterwegs, die beiden tuschelten und scherzten den ganzen Tag, als wären sie auf einem lustigen Klassenausflug. Sie mussten blind sein für das Leid um sie herum. Immer wieder liefen sie voraus zu den Soldaten und schäkerten mit ihnen. So war sie meistens nicht an der Seite ihrer Familie, sondern vergnügte sich anderswo. Anna beneidete sie um ihre Unbeschwertheit und Freude an etwas, das alle anderen zur Verzweiflung brachte. Sie selbst war im Normalfall auch eine lebensfrohe Person, aber im Gegensatz zu Marie überwog meist ihr Gewissen oder Schuldbewusstsein.

Heute ging Anna als eine der letzten, so fiel ihr die Aufgabe zu, darauf zu achten, dass niemand zurückfiel und sich von der Gruppe trennte. Immer wieder warf sie einen Blick zurück, um sicherzugehen, dass sie niemanden übersehen hatte. Der Schlitten wollte sich heute nicht ziehen lassen. Er versank unter seinem Gewicht im Schnee und blieb immer wieder hängen. Beim Gehen presste Anna die Augen zu kleinen Schlitzen zusammen, um überhaupt etwas sehen zu können. Der Schnee peitschte umher, bildete einen weißen Vorhang, der es beinahe unmöglich machte, weiter als ein paar Meter zu sehen.

Wieder blieb der Schlitten an einem Widerstand hängen. Fluchend riss Anna an der Schnur, um ihn wieder frei zu bekommen. Ohne Erfolg, der Schlitten weigerte sich, sich vom Fleck zu bewegen. Sie seufzte und drehte sich um, um ihr Glück direkt beim Schlitten zu versuchen. Als sie am Holz zerrte, kam er endlich mit einem Ruck frei. Vermutlich hatte er sich bei einem Ast oder Ähnlichem verhakt. Aus Gewohnheit warf sie einen Blick zurück bevor sie weiterging.

Hob sich da ein Schatten von dem unendlich scheinenden Weiß ab? War ein paar Duzend Meter hinter ihr ein dunkler Umriss? Anna strengt sich an, etwas zu sehen, sie war sich fast sicher. Hatten sie jemanden verloren?

„He! Wartet! Hilfe!", schrie sie, so laut sie konnte.

Auch wenn das Tosen des Wetters um sie herum laut war, hörten sie die, die sich in ihrer Nähe befanden. Sie erntete fragende Blicke von gut einer Handvoll Mitreisenden. Ohne sich weiter zu erklären, deutete Anna in die Richtung, wo sich nun recht gut sichtbar ein Mensch hervorhob.

„Wartet! Es ist jemand zurückgefallen." Die Frau des Pfarrers, Maria, hatte als Erste verstanden und versuchte, den Treck aufzuhalten.

Nachdem es nicht das erste Mal war, dass es passierte, dass jemand aus ihrer Mitte zurückblieb, funktionierte die Informationskette sehr gut und bald kam die gesamte Gruppe zum Stehen. Man wusste ja nicht, ob es die Person aus eigener Kraft schaffte, aufzuholen und es wurde niemand zurückgelassen.

Siegbert eilte zu ihnen ans Ender des Trecks.

„Wer ist das?", fragte er aufgeregt in die Runde, doch er blickte in ratlose Gesichter.

Niemandem war etwas aufgefallen. War es ein fremder Reisender? Aber wer würde sich alleine aufmachen, in den Winter ziehen, ohne Hilfe oder Gesellschaft?

Langsam kam die Gestalt näher, es stimmte eindeutig etwas nicht mit ihr. Sie bewegte sich zu langsam, schien sich mit letzter Kraft durch den Schnee zu schleppen, einen kleinen Leiterwagen hinter sich herziehend.

Diesen Gedanken hatte auch Siegbert, denn er sog bestürzt die Luft ein und die Pfarrersfrau schlug die Hände vor den Mund. Schon im nächsten Moment eilten sie der Gestalt entgegen, um ihr zu helfen.

Als sie die Frau erreicht hatten, nahm Maria ihr die Stange des Wagens aus der Hand und Siegbert stützte sie. Sie schienen auf sie einzureden.

Kannten sie die Frau? Zusammen kamen sie schneller voran und Anna erkannte mehr von der Frau. Sie war in einen dicken Mantel gehüllt und hatte lange braune Haare, die zerzaust im Wind flatterten. Ihr Gesicht war starr, hatte beinahe einen wirren Ausdruck aufgesetzt.

Das Gesicht… Anna kannte es.

Es gehörte zu einer der Polinnen, die zurückgeblieben waren.

Was tat sie hier? Sie war ihnen gefolgt, aber warum? Sie wollte doch im Dorf bleiben, zusammen

164

mit den anderen Familien, Gerhard und Hilde. Was war geschehen?

Die drei waren nun bei ihnen angekommen, alle starrten sie bestürzt an. In den Augen aller war Angst zu sehen.

Annas Gedanken überschlugen sich. Dass die Frau hier war, noch dazu in dieser Verfassung, konnte nur eines bedeuten.

Ein Schrei ertönte und Agnes, eine Nachbarin der Polin, stürzte zu ihr. Sie hatte die Hände zum Himmel erhoben, das runde, sonst nette Gesicht, war vor Schrecken erstarrt.

„Liliana! Was machst du hier? Geht es dir gut?", rief sie während sie auf die Angesprochene zulief.

Als sie diese erreicht hatte, nahm sie ihre Hände in die ihren und sah ihr in die Augen.

„Ach, Agnes, wie bin ich froh, euch zu erreichen. Ich kann nicht mehr alleine weiter. Ich kann nicht mehr."

Lilianas Stimme brach am Ende und wurde von einem Schluchzen abgelöst. Ihr ganzer Körper wurde durchgeschüttelt und sie schien nichts mehr sagen zu können. Siegbert streichelte ihr beruhigend über den Arm, versuchte, ihr Trost zu spenden.

„Jetzt bist du bei uns und kannst dich auf einem der Wägen ausruhen. Nur bitte sag uns, was passiert ist. Warum bist du uns nachgekommen?"

Siegberts Stimme redete leise auf Liliana ein, man konnte ihn kaum verstehen, stand man weiter von ihm entfernt. Dass er besorgt war, war unübersehbar an seiner Haltung und in seinen Augen zu erkennen.

Liliana sagte lange Zeit nichts, es war totenstill, alle schienen die Luft anzuhalten.

Irgendwann hörte man die flüsternde Stimme der Polin.

„Die Rote Armee kam. Sie haben alle erschossen. Alle. Niemand außer mir ist mehr am Leben. Dann haben sie das Dorf angezündet. Ich musste fliehen, euch finden, sonst war niemand mehr da." Ihre Stimme brach erneut und sie sank in sich zusammen.

Siegbert konnte sie nicht mehr stützen, er stand da, die Augen weit aufgerissen.

Um Anna drehte sich alles, in den Ohren hörte sie Blut rauschen.

Alle waren tot? Gerhard war tot?

Sie bemerkte, wie ihr Atem aussetzte. Die dunkle Welle der Verzweiflung schlug wieder über ihr zusammen. Ihre Hände zitterten und die Zähne schlugen aufeinander.

Sie hatte überhaupt nicht mehr an ihn gedacht, war so sehr mit sich selbst beschäftigt gewesen, dass sie diejenigen vergaß, die sie zurückgelassen hatte.

Wie Gerhard vor dem Postamt.

Sie hatte ihn nicht überredet, hatte ihm den Rücken zugekehrt und war gegangen. Hatte nur auf ihre eigenen Probleme geachtet, hatte ihn stehen gelassen.

Jetzt war er tot. Erschossen.

Die versiegt geglaubten Tränen strömten nun wieder über Annas Gesicht. Immer wenn sie dachte, sie hatte die schlimmste Verzweiflung erreicht, wurde sie eines Besseres belehrt und es wurde noch schlimmer. Anna sank in die Knie und schlug die Hände vors Gesicht. Sie konnte keinen Schmerz mehr ertragen, es war zu viel für sie, sie wollte nicht mehr stark sein. Sie konnte nicht mehr stark sein.

Wann würde es endlich wieder leichter werden und nicht immer schwerer? Wann würde sie endlich aus diesem Alptraum erwachen?

***

Die nächsten Tage waren schrecklich für Anna.

Der Schnee und der Sturm weigerten sich, zu enden. Die Stimmung im Treck war furchtbar. Die neuen Informationen hatten sie alle hart getroffen. Nun musste sich jeder eingestehen, dass es keinen Weg mehr zurück geben würde. Ihr ehemals friedliches Heimatdorf war nun Frontgebiet, nichts als der Tod würde sie dort noch erwarten. Niemand konnte sich mehr einreden, dass ihr Marsch nur ein Wegbleiben von kurzer Dauer wäre, niemand konnte jetzt noch Hoffnung auf eine baldige Rückkehr haben. Es waren Nachbarn und Freunde gestorben, erschossen worden und ihre Häuser gab es vermutlich nicht mehr.

Anna ging wie in Trance. Sie fühlte sich ausgelaugt. Der Schmerz hatte einer angenehmen Taubheit Platz gemacht. Sie fühlte wenig und hieß diesen Umstand mehr als willkommen. Ob sie noch ganz bei Sinnen war, verlor für sie an Bedeutung. Ihre gesamte Lebensaufgabe bestand darin, einen Schritt vor den anderen zu setzen. An das Pfeifen des Windes hatte sie sich beinahe schon gewöhnt, die schmerzenden Glieder und das eingefrorene Gesicht waren nichts Besonderes mehr. Der Schlitten zog wie gewohnt an ihrer Hand und hinterließ aufgeschundene Handflächen. Der Schock saß noch tief.

Ihre Mutter hatte wieder geweint, auch Marie… Ja, was eigentlich?

Anna stutzte in ihren Gedanken. Sie wusste überhaupt nicht, wie es ihrer kleinen Schwester ging. Sie war nicht für sie da gewesen, hatte sie nicht aufgebaut. Eigentlich konnte sie sich gar nicht mehr erinnern, wann sie sich das letzte Mal mit ihr unterhalten hatte oder sie auch nur gesehen hatte. Sie war sich sicher, dass sie sie schon den ganzen Tag seit sie aufgebrochen waren nicht mehr zu Gesicht bekommen hatte. Dass sie längere Zeit nicht an ihrer Seite zu finden war, war zwar keine Besonderheit, aber es war schon Nachmittag, da hätte sie Marie mindestens einmal sehen müssen.

Anna spürte, wie die Sorge in ihr emporkroch, die Panik war wieder da, sie ließ sich nicht einsperren.

Wieso war ihr das bisher nicht aufgefallen? Ihr würde doch nichts passiert sein? Was war, wenn sie sich verletzt hatte und zurückgeblieben war?

Nein, das hätte jemand bemerkt und ihr gesagt. Vielleicht hatte sie sich verirrt, hatte die Gruppe verlassen und nicht mehr zurückgefunden.

Sie sah sich suchend nach ihrer Mutter und Franz um, die wie meist nicht weit von ihr entfernt waren.

„Mutti, hast du Marie heute schon gesehen?", fragte sie voller Panik.

Ihre Mutter überlegte, zog die Augenbrauen nachdenklich zusammen. Ihr Gesicht war vor Kälte rissig, ihre Lippen bluteten sogar.

Anna atmete tief durch, sie hatte sich auch nicht um ihre Mutter gekümmert. Bevor sie sich darüber Gedanken machen konnte, sagte ihre Mutter: „Nein, jetzt wo du es sagst, ich habe sie seit heute früh nicht mehr gesehen. Jetzt kann ich sie auch nirgends sehen. Ich nehme den Schlitten, du suchst deine Schwester."

Anna drückte ihr die Schnur in die Hand und ließ sich zurückfallen, vielleicht war Marie ja weiter hinten in der Gruppe?

„Kein Grund zur Panik, beruhige dich", ermahnte sie sich selbst. Doch in ihrem Kopf dröhnte es. Marie durfte nichts passiert sein.

„Hat jemand Marie gesehen?", rief sie laut, damit möglichst viele sie hörten, aber ihre Stimme wurde vom Wind verschluckt.

Nur jene, die sich unmittelbar in ihrer Nähe befanden, konnten sie hören.

„Das letzte Mal hab' ich sie am Vormittag gesehen, sie ist weiter vorne gegangen. Warum denn?", versuchte Martin, der dicke Fleischer des Dorfes, zu helfen.

Anna ließ sich keine Zeit für lange Erklärungen und rannte nach vorne. Sie lief Schlangenlinien um die Leute mit ihren Schlitten und Wägen und kam im Schnee nicht so schnell voran, wie sie gewünscht hätte. Die Sicht war schlecht, sie sah nur ein paar Meter weit, da der Schnee so dicht fiel und der Sturm ihn wie wild umherpeitschte.

„Marie! Marie!", schrie sie immer wieder.

Aber sie selbst konnte es kaum hören.

Wie konnte sie nur so auf sich selbst fixiert sein? Keine Minute hatte sie sich um ihre Schwester gekümmert. Wieso hatte sie niemand gesehen? Als sie ganz vorne an der Spitze ihres Trupps angekommen war, hatte sie Marie immer noch nirgends ausmachen können. Anna konnte vor Panik nicht denken, sie war zu keinem logischen Verhalten imstande. Marie war unter den Reisenden nicht zu entdecken. Auch Ilse sah Anna nirgendwo.

Wo waren die beiden?

Voller Furcht blieb Anna stehen und ließ die Leute an sich vorbeiziehen. Sie versuchte, alles zwischen den Wägen und den Reisenden zu erfassen, aber sie sah keine Spur von ihrer Schwester.

Als sie nach einer Zeit schon wieder die letzten ihres Trecks erreichten, schnürte ihr die Angst die Kehle zu. Irgendjemand musste sie doch gesehen haben. Die Leute waren alle zu sehr mit ihrem eigenen Kummer beschäftigt, um zu bemerken, in welcher Not sie sich befand. Sie fühlte sich alleingelassen.

Da kam ihr eine Idee. Die Soldaten konnten ihr vielleicht beim Suchen helfen.

Die Männer waren oft von ihrem Wagen gestiegen, um Reisegefährten bei so manchen Problemen helfend zur Seite zu stehen.

Sie lief wieder nach vorne und sah sich suchend nach dem Soldatenwagen um.

Wie gewohnt holperte er unter den ersten über den Schnee.

Anna rannte, so schnell sie konnte, sie mussten ihr einfach helfen. Gemeinsam würden sie Marie finden.

Als sie den Wagen eingeholt hatte, sah sie hinauf, um Blickkontakt mit den Soldaten aufzunehmen.

Sie saßen auf ihrem Wagen und schienen sich köstlich zu amüsieren. Nichts von der Verzweiflung um sie herum war hier wiederzufinden.

Es war ungefähr ein halbes Duzend Männer, alle in Soldatenuniform und mit Waffen ausgestattet. Sie scherzten, lachten laut und schlugen sich auf die Schenkel.

Der Grund ihrer guten Laune saß inmitten der Soldaten und alberte herum.

Annas Sorge war wie weggespült und wurde durch Zorn ersetzt. Sie war verzweifelt und rackerte sich ab, um ihrer Mutter helfend zur Seite zu stehen und Marie ließ sich wie eine Königin von den Soldaten herumkutschieren und schämte sich dabei kein bisschen, schien sogar großen Spaß daran zu haben.

Irgendjemand musste diesem unerzogenen Ding einmal Manieren beibringen und Anna beschloss, am Abend diese Aufgabe zu übernehmen. Grimmig ließ sie sich wieder zu ihrer Mutter zurückfallen, um ihr zu erzählen, wo sich ihre teure Tochter herumtrieb.

Kein Wort würde sie die nächste Zeit mit ihr wechseln.

***

Anna musterte sorgenvoll ihre Füße. Zwei Zehen sahen ungesund blau aus, als hätten sie leichte Erfrierungen. Am meisten Angst machte ihr, dass sie kein Gefühl mehr in ihnen hatte.

Zu Mittag hatten sie noch furchtbar geschmerzt und nun fühlte sie beinahe nichts mehr. Sie würde sie kalt abspülen und hoffen, dass der Schmerz nicht zu groß war, wenn sie wieder auftauten.

Ihr Körper litt große Qualen auf der Reise, die nun schon einen Monat dauerte. Ihre Hände waren aufgeschunden von der Schnur des Schlittens. Sie hatten ein Tuch um die Schnur gewickelt, damit es nicht mehr so schmerzte, aber diese konnte die Einschnürung in das Fleisch nur teilweise verhindern. Jeder Knochen schmerzte, am schlimmsten natürlich in den Beinen, aber auch ihr Rücken tat weh vom ständigen Gewicht des Rucksacks. Ihre Lippen sprangen immer wieder wegen der Kälte auf und bluteten stark. Als wäre das alles nicht schon schmerzhaft genug, hatte sie sich nun scheinbar auch noch leichte Erfrierungen zugezogen.

Anna verfluchte ihre Schuhe, die schon langsam den Geist aufgaben. Aber wer konnte es ihnen verdenken? Sie wurden nun schon viele Wochen ständiger Belastung ausgesetzt und darunter litt jedes Material.

Besorgt sah sie zu Franz hinüber, der sich unruhig von einer Seite zur anderen wälzte. Seine Liege war neben ihrer aufgestellt und er war gleich in mehrere grüne Decken eingewickelt.

In dem Turnsaal zog es unangenehm, es war wegen der vielen Leute laut und es roch nach Schweiß und schlechter Luft. Trotzdem war es besser, als die Nacht im Freien zu verbringen.

An diesem Abend waren sie in einer Schule untergekommen.

Fast immer fand ihr Treckführer einen Platz, an dem sie nächtigen konnten, entweder in Schulen, wie an diesem Abend, oder in Ställen, Hallen, Kirchen oder bei den Einwohnern des Dorfes, bei dem sie ihr Nachtlager aufschlugen. Es war nervenaufreibend, nicht zu wissen, wo man am nächsten Abend schlafen konnte, oder was man zu essen bekam. Früh am Morgen mussten sie wieder weiterziehen, um Platz zu machen für den nächsten Treck. Denn überall traf man auf andere arme Seelen, die ihr Heim verlassen mussten.

Ihrem kleinen Bruder waren diese Strapazen anzumerken und er hatte am gestrigen Tag zu kränkeln begonnen. Sie versuchten ihn so gut es ging, zu schonen, konnten aber nicht verweilen, um ihm eine Ruhepause zu gönnen.

Sie hatten das Riesengebirge hinter sich gelassen und zumindest der Weg war nun leichter zu bewältigen. Aber je länger sie unterwegs waren, desto mehr Leute wurden krank oder konnten ohne Unterstützung nicht mehr weiter.

Anna hatte Richard drei Briefe geschrieben, ihm alles erklärt, ihm berichtet, wie es ihr ging, aber natürlich konnte sie keine Antwort empfangen. Sie hoffte zutiefst, dass er ihre Nachrichten bekommen hatte und wusste, dass seine Frau noch am Leben war.

Keinen wirklichen Kontakt zu ihm zu haben, war das Schlimmste an dieser verfluchten Reise. Nicht zu wissen, wann oder ob sie die Liebe ihres Lebens wiedersehen konnte war beinahe nicht aushaltbar für sie. Sie hatte keine Garantie, dass es ihm gut ging oder wo er überhaupt war. Es war anzunehmen, dass er sich noch auf Kreta befand, aber ganz sicher konnte sie sich natürlich nicht sein.

Dachte er genauso oft an sie, wie sie an ihn? Vermisste er sie auch so sehr, dass es schmerzte?

Sie versuchte, sich mit Gedanken an ihn Kraft zu spenden, versuchte, sich einzureden, dass alles gut werden würde und diese Reise in seinen Armen endete.

Aber mit dieser Vorstellung an ein glückliches Ende kam auch immer der Zweifel. Was war, wenn er ihre Briefe nicht bekam oder noch schlimmer, wenn ihm etwas zugestoßen war? Der Gedanke schmerzte und bohrte sich in ihre Brust. Immer wieder schüttelte sie die Panik ab und versuchte, wieder Mut zu fassen.

Franz stöhnte laut.

Mit einem Satz war Anna bei ihm. Sie kniete sich neben ihn auf den Boden und sah ihn an.

Er war bleich, seine Lippen waren aufgesprungen und seine Haut und Haare waren nass vom Schweiß. Er zitterte am ganzen Leib und als Anna seine Stirn befühlte, bemerkte sie, dass seine Haut glühte. Er hatte Fieber bekommen. Sie mussten ihm helfen, irgendetwas tun. Wenn er so krank blieb, oder es sich noch verschlimmerte, würde das kein gutes Ende nehmen. So eine Reise konnte man nicht überleben, wenn man krank war.

Anna spürte, wie die altbekannte Panik wieder in ihr aufkam. Sie hatten alle so viel verloren, sie würde es nicht überstehen, auch noch ihren Bruder zu verlieren.

„Bitte, Franz! Du musst kämpfen, tu uns das nicht an", flehte sie leise und umarmte ihren Bruder.

Sie versuchte, ihm Kraft zu spenden, Sicherheit zu vermitteln, aber sie verspürte selbst keinen Funken davon. Stumm flehte sie zum Himmel, er möge sie erhören und Franz Gesundheit schenken. Irgendwann schlief sie in dieser unbequemen Position einfach ein.

Ihre Zehen würden bis zum nächsten Tag warten müssen.

Am nächsten Morgen verließen sie wie gewohnt früh die Schule und machten sich auf den Weg.

Franz wurde so warm es ging angezogen, mit allen Decken, die sie zur Verfügung hatten, eingewickelt und auf den Schlitten gesetzt.

Er schien nicht gänzlich wach, obwohl seine Augen halb offen standen. Sein Zustand hatte sich verschlechtert, sie machten sich schreckliche Sorgen.

Ihre Mutter zog den Schlitten und auch wenn sie sich stark gab, sah man ihr an, dass sie verzweifelt war.

Der Tag war klar und eiskalt. Die Sonne schien, konnte aber noch keine Wärme schenken.

Anna presste ihre Augen zusammen, weil die Sonnenstrahlen gleißend hell vom Schnee zurückgeworfen wurden.

Hätte man diesen Tag für einen gemütlichen Spaziergang genutzt und wäre sonst alles in Ordnung, hätte man die Schönheit der Natur genießen können. Aber unter diesen Umständen entging Anna das Glitzern der Millionen Schneekristalle und die Friedlichkeit, die die vom Schnee verdeckten Bäume ausstrahlten.

Den Ort hatten sie lange hinter sich gelassen und sie waren nun im Nirgendwo in Tschechien unterwegs.

Die Leute hierzulande brachten ihnen nicht so viel Freundlichkeit entgegen, wie jene im deutschen Raum. Sie spürten die Feindlichkeit der Menschen und das Unbehagen, wenn sie um Hilfe baten. Gott sei Dank bekamen sie alles Nötige, um überleben und weiterziehen zu können. Aber selten wurde ihnen zugelächelt, oder sie mit offenen Armen empfangen. Anna konnte es nicht erwarten, endlich wieder die deutsche Grenze zu passieren, wo ihnen hoffentlich wieder positiver begegnet würde.

Sie schleppte sich durch den Tag, Marie an ihrer Seite.

Sie versuchten, diesen Abschnitt mit Getratsche und Witzen zu überbrücken. Wie immer schmerzten Annas Füße, aber sie war froh, heute nicht das zusätzliche Gewicht des Schlittens ziehen zu müssen.

Bei diesem Gedanken stutze Anna.

„Wo ist eigentlich Mutti?", wandte sie sich an Marie.

Sie waren so ins Geplänkel vertieft gewesen, dass ihr erst jetzt, wo sie an die fehlende Last dachte, auffiel, dass sie ihre Mutter und den Bruder seit Mittag nicht mehr gesehen hatte.

Suchend sah sie sich um. Weit und breit war kein Anzeichen von den beiden, was ungewöhnlich war, da sie sich sonst immer in ihrer Nähe aufhielten.

„Woher soll ich das wissen? Ich war ja immer bei dir." Marie zog die Stirn kraus und strich sich mit der Hand übers Gesicht.

„Ich glaube, ich habe sie ungefähr um elf das letzte Mal gesehen. Da hab ich Franz noch eine Decke besorgt."

Das schlechte Gewissen packte Anna mit aller Gewalt. Warum war sie immer so mit sich selbst beschäftigt?

„Ich lauf' schnell nach vorne und frage die Soldaten um Hilfe. Vielleicht hat sie ja jemand gesehen."

Für diese Idee hatte Marie nur eine Sekunde gebraucht und wenn Anna daran dachte, wie lange sie selbst damals dafür gebraucht hatte, war sie froh, ihre kleine Schwester diesmal an ihrer Seite zu haben.

Diese rannte bereits mit flatternden Zöpfen davon. Die Leute drehten sich verwundert nach ihr um, als sie die Unruhe bemerkten. Anna nutzte die Aufmerksamkeit, um gleich nach Informationen zu fragen.

„Hat jemand Mutti gesehen? Sie müsste mit Franz und einem Schlitten unterwegs sein."

Die Frau, die neben ihnen gegangen war, schüttelte den Kopf, es war die Frau des Müllers im Dorf. Auch die anderen wussten scheinbar nichts, denn niemand gab eine helfende Antwort. Anna versuchte, nicht in Panik zu verfallen, bestimmt war es wie beim letzten Mal und sie waren auf einem der Wägen aufzufinden. Sicher hatte jemand gesehen, in welchem Zustand Franz war und ihnen angeboten, mitzufahren. Ihre suchenden Blicke wurden nur mit ihrer kleinen Schwester belohnt, die schon wieder auf sie zu rannte. Ihre Wangen waren gerötet und sie war außer Atem, als sie Anna erreichte.

„Sie meinen, dass Mutter bei unserem Rastplatz von Mittag geblieben wäre. Sie wollte sich noch etwas ausruhen und dann später nachkommen."

Anna schlug die Hand vor den Mund. Auch Marie schüttelte verzweifelt und verärgert den Kopf.

„Wie bitte? Das kann doch nicht dein Ernst sein! Warum hat uns niemand etwas gesagt? Sie können sie doch nicht alleine zurücklassen. Was, wenn ihr etwas zustößt? Wir müssen zu ihr, ihr helfen."

Anna konnte die Verantwortungslosigkeit der Soldaten nicht fassen. Sie war furchtbar wütend und besorgt. Sie stampfte mit dem Fuß und war dabei, sich umzudrehen, als Marie sie aufhielt.

„Warte! Das hat doch keinen Sinn. Wir kennen den Weg doch gar nicht. Am Ende verlaufen wir uns und dann ist niemandem geholfen."

Annas Gedanken rasten.

Was sollte sie tun? Sie konnten doch nicht ihre Mutter zurücklassen. Aber andererseits wussten sie wirklich nicht, wo sich ihr Ziel für heute befand. Diese Informationen hatten sie immer von ihrer Mutter bekommen, die sich ein bisschen in diesem Gebiet auskannte und viel mit dem Dorfvorsteher sprach.

„Was schlägst du dann vor?"

Anna spielte mit den Trägern ihres Rucksacks, ihre Hände brauchten etwas zu tun. Sie konnte sich nicht entscheiden, was die richtige Vorgehensweise war und fühlte sich überfordert.

„Lass uns mit den anderen zu unserem heutigen Nachtlager gehen, alles für uns vier vorbereiten und dann auf die beiden warten, damit sie sich gleich ausruhen können. Wir müssen jetzt Ruhe bewahren und zusammenbleiben. Es bringt nichts, Hals über

Kopf loszulaufen und dann die Gruppe womöglich nicht wiederzufinden."

Anna war froh, dass Marie die Führung übernahm, sie selbst wusste nicht, was zu tun war. Zögerlich nickte sie und setzte sich wieder in Bewegung.

Sie würden nicht mehr weit unterwegs sein, immerhin würde es bald dunkel werden.

Die beiden Schwestern trotteten stumm nebeneinander her. Niemand hatte Lust, sich an einem Gespräch zu beteiligen oder eines zu beginnen. Beide waren nicht überzeugt, richtig gehandelt zu haben. Mit jedem Schritt schienen sie sich weiter von ihrer Familie zu trennen.

Schon eine halbe Stunde später erreichten sie das Ziel dieses Tages, ein kleines Dorf mit einem zungenbrecherischen Namen.

Für jeden anderen, hätte die Ansammlung der wenigen Häuser einen friedlichen Anblick geboten. Es waren sehr kleine Häuschen, beinahe schon Hütten und sogar die Kirche war nur wenig größer als die umstehenden Gebäude. Sie drückten sich eng zusammen und erweckten den Anschein, sich gegenseitig Schutz gegen die weite Landschaft ringsum zu bieten.

Es war wie immer eine Handvoll Jungen vorausgeeilt, um sie anzukündigen und sicherzugehen, dass alle einen Platz fanden.

Sie würden in der kleinen Kirche nächtigen dürfen. Sie war ein einfaches Gebäude mit schmuckloser Einrichtung. Einzig der Altar und ein großes Kreuz dahinter wiesen darauf hin, wo sie sich befanden. Die Bänke waren weggeschoben worden und hatten Liegen Platz gemacht, die sie nutzen würden.

Alle versuchten, ruhig ihre Schlaflager zu beziehen, aber wie immer versuchte man natürlich, den besten Platz zu ergattern, an dem es nicht zog oder der sogar ein bisschen abgeschieden von den anderen lag.

Auf so etwas legten weder Anna noch Marie Wert, da sie sich um ihre Mutter und Franz sorgten. Sie luden ihre Rucksäcke und Jacken auf den erstbesten Liegen ab und reservierten so gleich vier davon.

Am heutigen Abend waren genug Schlafmöglichkeiten für alle vorhanden.

Es tat gut, sich der Last des Rucksackes zu entledigen und Anna kreiste ihre Schultern und den Kopf, um die Verspannungen zu lösen. Danach setzte sie sich auf eine der Liegen und wartete.

Sie konnte sich nicht entspannen, zu groß war die Angst, nicht das Richtige getan zu haben. Vielleicht lag ihre Mutter irgendwo am Weg und benötigte Hilfe und sie saßen hier und taten nichts.

Auch Marie trommelte ungeduldig mit einem Fuß auf den Boden. Sie hatte neben Anna Platz genommen und schien genauso nervös zu sein.

Anna schickte ein Gebet zum Himmel, dass es den beiden gut ging und sie sich ohne Grund sorgten.

Sie sah zu dem Kreuz an der Wand, an das zweifels-
ohne Jesus genagelt war.

Anna war schon ein paar Mal in katholischen
Kirchen gewesen und sah solch eine Abbildung nicht
zum ersten Mal, aber sie konnte sich an den Anblick
des leidenden Mannes nicht gewöhnen.

Litt ihre Mutter in diesem Moment auch? Ging
es ihr gut?

Anna stand auf, ging drei Schritte, stand an der
nächsten Liege an und ging wieder drei Schritte zurück. Währenddessen atmete sie immer wieder tief
ein und aus.

„Anna, du weißt, dass ich es hasse, wenn du immer auf und ab gehst. Das macht mich noch nervöser", fuhr Marie sie nach einer Zeit an.

Darum setzte sich Anna wieder hin und vergrub
ihr Gesicht in den Händen.

Wie lange sie so dasaß, wusste sie nicht, vielleicht war sie sogar kurz eingeschlafen.

„Was ist denn los?", riss sie eine besorgte Stimme aus ihrer Trance.

Als Anna verwirrt aufsah, erkannte sie, dass Albert vor ihr stand und sie fragend ansah.

Auch ihm waren die Folgen der Reise anzusehen,
er hatte abgenommen und seine Falten hatten sich
vertieft durch all den Kummer, den er ausgestanden
hatte.

„Mutti und Franz sind bei unserem Mittagsstopp
zurückgeblieben und wir machen uns Sorgen, weil

sie immer noch nicht aufgetaucht sind", klagte Marie.

Anna erwartete Beschuldigungen und Anklagen, immerhin hätte ihr die Abwesenheit ihrer Mutter auffallen müssen.

„Worauf wartet ihr dann noch? Geht ihnen entgegen, ich passe auf eure Sachen auf, schaut nur, dass ihr euch beeilt." Albert wusste, dass der Ernst der Lage nicht zu unterschätzen war, nahm Anna beim Arm und zog sie in die Höhe.

Marie stand auf und beide beeilten sich, ihre Jacken wieder anzuziehen.

Nun bestand für Anna kein Zweifel mehr, dass sie falsch gehandelt und sie einen schweren Fehler begangen hatten.

Marie nahm sie an der Hand und zog sie in Richtung Ausgang. Sie mussten sich um die Liegen schlängeln, um hinauszugelangen.

Als sie das Tor aufzogen und Anna bemerkte, dass es schon dunkel war, wuchs ihre Sorge noch weiter. Es war bitterkalt, die klare Nacht forderte ihren Tribut.

Sie stürmten los, halb laufend, halb gehend, in die Richtung, aus der sie gekommen waren.

Wenigstens der Mond schien hell und so fanden sie den Weg aus dem Dorf und hinein in das schwarze Nichts.

Sie folgten dem Weg, den sie schon in die andere Richtung genommen hatten. Aber das Gefühl, ihn zu beschreiten, war nun vollkommen anders, die Angst kroch in Anna hoch. Sie drückte Marie fest die Hand und erhoffte sich dadurch etwas Trost und Mut.

Es war, nun da sie die Häuser hinter sich gelassen hatten, totenstill. Weit und breit war kein Leben, einzig die Lichter des Dorfes hinter ihnen wiesen darauf hin, dass sie nicht vollkommen alleine waren. Die Bäume links von ihnen verwandelten sich zu Monstern der Nacht. Ihre Äste griffen wie Klauen nach dem Himmel und bewegten sich leicht hin und her.

Jedes Knacken ließ Anna vor Schreck zusammenzucken und den Atem anhalten.

War es eine gute Idee gewesen, alleine aufzubrechen? Sie hätten jemanden bitten sollen, mitzukommen. In all der Eile hatte sie nicht daran gedacht und in der überfüllten Kirche hatte es außer Albert vermutlich nicht einmal jemand bemerkt, dass sie weggegangen waren.

Anna schüttelte über ihre Dummheit den Kopf. Sie waren nur zwei Mädchen, die sich, wenn es zu einem Zwischenfall kommen würde, bestimmt nicht gut wehren konnten. Sie versuchte, derlei Gedanken gleich wieder niederzukämpfen und schalt sich für ihre Angst.

Der Boden war zum Glück niedergetrampelt, so mussten sie nicht durch hohen Schnee stapfen und kamen gut voran. Es war dunkel und kalt, aber Anna war heiß und ihr lief der Angstschweiß den Nacken herunter.

Ihre Mutter war nicht zu sehen.

Marie atmete schwer, sie würden ihr Tempo bald reduzieren müssen, wenn sie nicht kraftlos in der Nacht zusammensinken wollten.

Wie weit würden sie gehen? Die beiden hätten ihnen schon längst entgegenkommen müssen. Wie lange hatten sie sich beim Rastplatz ausgeruht?

Anna wurde wütend, wenn sie daran dachte, dass manche Bewohner des Dorfes bestimmt gesehen hatten, dass die beiden zurückgeblieben waren.

Es brachen ständig Leute zusammen und immer wurde geholfen, um sie zu stützen oder eine Zeitlang ein Platz auf einem der Wägen angeboten. Wie konnten die beiden da einfach übersehen worden sein und zurückgelassen werden?

Andererseits, hätte sie selbst nicht etwas merken und besser Achtgeben müssen? Ihre Mutter war bestimmt zu stolz gewesen, um Hilfe zu bitten.

„Wir sind jetzt bestimmt schon eine halbe Stunde unterwegs und davor haben wir viel zu viel Zeit in der Kirche vergeudet. Wir hätten schon früher aufbrechen sollen. Wie lange haben sie sich noch ausgeruht, bevor sie sich wieder auf den Weg gemacht haben und wie schnell sind sie wohl? Ach, Anna! Ich mache mir solche Sorgen."

Marie sprach ihre Gedanken laut aus. Ihre Mutter und ihr Bruder waren irgendwo unterwegs, in der

Kälte und Nacht und waren wahrscheinlich am Ende ihrer Kräfte.

Weit und breit waren nur die schwarzen Schatten der Bäume und Büsche und Massen an Schnee und Eis zu erkennen, aber kein Lebenszeichen von ihrer Mutter oder Franz.

Die Kälte stach Anna ins Gesicht und sie bemerkte erst jetzt, dass sie zu weinen begonnen hatte. Die Tränen hinterließen eine gefrorene Spur auf ihren Wangen.

Wütend wischte sie sie weg und zog fester an Maries Arm. Sie mussten sie finden!

War da ein dunkler Umriss zu erkennen?

Oder spielten ihr die Sinne schon einen Streich, weil sie sich so sehr wünschte, etwas erkennen zu können. War es eine wankende Person, oder nur eine Produkt ihrer Fantasie?

„Siehst du das auch? Ist das Mutti?" Marie hatte also auch etwas gesehen.

„Mutti!", schrie sie durch die Nacht.

Ihre Stimme zerriss die Stille, die auf die Ohren gedrückt hatte.

Der Schatten reagierte nicht.

Anna überlegte, ob es eine gute Idee gewesen war, so laut zu rufen, wer wusste schon, wer es war, der da auf sie zukam? Verzweifelte Leute neigten zu verzweifelten Taten und zu jener Zeit gab es viele davon.

Anna konnte nichts Genaueres erkennen, nur, dass es eindeutig eine Person war, die langsam näher kam.

Marie ließ ihre Hand los und rannte der Gestalt entgegen.

Anna wollte ihr eine Warnung hinterherrufen. Begab sich ihre Schwester gerade in Gefahr?

Aber in der nächsten Sekunde erkannte sie, dass ihre Sorge unbegründet war. Sie sah, dass es sich tatsächlich um ihre Mutter handelte. Von Freude gepackt lief nun auch sie los.

Als sie näher kam, bemerkte sie, dass etwas nicht stimmte.

Ihre Mutter kam nur sehr langsam vorwärts und sie humpelte. Anna erkannte nun auch ihren Gesichtsausdruck, er war zu einer Maske der Qual verzerrt.

Schon hatte Marie sie erreicht und fiel ihr um den Hals.

Doch wie es aussah konnte ihre Mutter sich beinahe nicht mehr auf den Füßen halten.

„Marie, nicht so stürmisch, siehst du denn nicht, dass es Mutti nicht gut geht?", rief Anna, um das Schlimmste zu verhindern.

Als sie die beiden erreicht hatte, musterte sie ihre Mutter genauer. Sie zitterte am ganzen Leib und es sah so aus, als kostete es sie viel Mühe zu stehen. Ihr dünner Handschuh war rot gefärbt wo sie die Schnur hielt. Sie schien gar nicht richtig wach zu sein. Ihr

188

Blick war leer und sie strahlte eine Verzweiflung aus, die Anna das Herz zerriss.

Sie nahm die Schnur und versuchte, in das Blickfeld ihrer Mutter zu treten, damit sie deren Aufmerksamkeit bekam.

„Was ist mit deinem Fuß passiert?" Ihre Mutter schien erst langsam zu realisieren, dass sie etwas gefragt wurde.

„Ich bin umgeknöchelt. Es geht schon, bitte, schau nach Franz!"

Ihre Stimme klang rau und flehend. Mit der Hand wies sie auf den Schlitten.

Anna folgte mit dem Blick und ließ die Schnur fallen. Langsam ging sie auf ihren kleinen Bruder zu.

Er lehnte schwer an den Gegenständen, die hinter ihm am Schlitten lagen. Sein Kopf war nach vorne gekippt.

Anna stürzte vor ihm auf die Knie und legte ihre Hände auf sein Gesicht, das sie nicht erkennen konnte.

Sie zuckte wieder zurück, es war eiskalt.

Das musste Einbildung gewesen sein. Noch einmal legte sie beide Hände auf seinen unter der dicken Haube verborgenen Kopf und hob ihn an.

Es war ein schrecklicher Anblick. Anna keuchte. Das kleine Gesicht war starr und bleich, die Lippen blau und die Augen geschlossen.

„Oh mein Gott. Franz!", schrie sie in purer Verzweiflung.

Nicht ihr kleiner Bruder! Er war noch so jung und hatte sein ganzes Leben vor sich. Das konnte nicht einfach beendet sein! Er war so ein aufgeweckter Junge, so munter und frech. Nun hing er bewegungslos am Schlitten und regte sich nicht. Es konnte doch ein junges Leben nicht einfach genommen werden.

Sie senkte den Blick. Das durfte nicht wahr sein. Der Schmerz packte Anna, schüttelte sie, zerriss sie in tausend Teile. Sie wusste nicht, wohin mit ihrer Trauer. Sie fühlte nichts, nur dieses schwarze Gefühl, das sie vollkommen ausfüllte.

„Oh, nein, nein, *nein*!" Sie schrie und schrie und bemerkte kaum, dass Marie an ihre Seite getreten war und ihren kleinen Bruder genauer ansah. Eigentlich sollte sie dafür sorgen, dass diese den grauenhaften Anblick nicht ansehen musste.

Aber sie konnte nicht. Sie konnte nichts. Nur schreien und versuchen, dem alles umfassenden Schmerz Luft zu machen. Die Welt vor ihr verschwamm, alles war schwarz und kalt wie die Nacht.

Marie sagte etwas. Sie wollte ihr nicht zuhören, wollte nie wieder etwas hören. Aber Marie ließ nicht locker und trat ihr schmerzvoll in die Seite, um ihre Aufmerksamkeit zu bekommen.

„Bist du verrückt? Hör auf zu schreien, wir müssen ihm helfen!"

Noch ein Tritt, er riss Anna aus der Starre.

Ihm helfen? Sie konnten ihm nicht mehr helfen!

Sie sah wieder in das liebe Gesicht, das sie immer noch umschlossen hielt.

Erst jetzt fiel ihr auf, dass sich der kleine Brustkorb, verborgen unter den Decken, leicht hob und senkte.

Ihr Bruder war am Leben! War das eine Wunschvorstellung von ihr? Hatte sie die Grenze zum Wahnsinn überschritten?

Aber ein genauer Blick bestätigte es, er atmete.

Adrenalin schoss in Annas Venen. Der Schock saß tief, aber sie mussten etwas tun!

„Marie, kümmere dich um Mutti. Was ist mit ihrem Fuß? Ich versuche, wieder Leben in Franz zu bekommen."

Ihre Stimme zitterte zwar, aber immerhin konnte sie wieder klar denken. Anna wusste nicht, ob sie richtig handelte, nur, dass etwas getan werden musste. Irgendwie musste sie Franz wieder zur Besinnung bekommen. Panisch blickte sie sich um, sie brauchte Hilfe, aber die würden sie erst wieder im Dorf bekommen. Sie war am Rande ihres Verstandes, tat einfach, was sie für richtig hielt.

Sie nahm eine Hand von dem Gesicht und griff nach dem Schnee am Boden. Ohne weiter zu überlegen, rieb sie ihn in das Gesicht und den Hals ihres Bruders. Sie deckte ihn ab, setzte die Haube ab und zog ihn aus. Danach nahm sie noch ein Häufchen Schnee und verrieb es auf dem kleinen Körper.

Sie rieb und rieb. Ob es das Richtige war, wusste sie nicht, aber wenn sie nichts tat, würde sie sich das niemals verzeihen.

Sie hörte Franz leise stöhnen, immerhin ein Lebenszeichen. Seine Haut färbte sich langsam rot und Anna beschloss, dass es genug war. Sie rieb ihn mit der Decke trocken und zog ihn wieder an.

Mit ganzem Herzen hoffte sie, dass ihr Handeln etwas gebracht hatte.

„Mutti, setz dich auf den Schlitten, du kannst ja kaum noch gehen. Nimm Franz auf den Schoß, dann wird ihm vielleicht warm. Wir ziehen euch."

Die Idee kam von Marie, die ihre Mutter die ganze Zeit gestützt hatte. Sie führte die wankende Frau zum Schlitten und Anna hob Franz hoch, um Platz zu schaffen. Sie sackte am Schlitten zusammen, beinahe rutschte sie vorne hinunter. Sie atmete erleichtert aus, endlich sitzen zu können und stellte ihre Füße auf die Kufen.

Anna setzte Franz auf ihren Schoß. So würde es wenigstens für kurze Zeit funktionieren. Sie hatten gar keine Wahl, ihre Mutter hätte es bestimmt nicht mehr weit geschafft.

Wortlos bückte sie sich, um die Schnur aufzuheben, hoffentlich hielt sie diese Belastung aus.

Marie folgte ihr und zog ebenfalls.

Anna sah ihr in die Augen, sah Entschlossenheit und das stumme Versprechen, mit aller Macht zu versuchen, die beiden in Sicherheit zu bringen.

Sie erwiderte den Blick und gemeinsam zogen sie in die Nacht.

***

Am nächsten Tag mussten sie rasten.

Der Zustand von Franz hatte sich zwar ein wenig verbessert, aber einfach weiterzuziehen wäre unverantwortlich gewesen.

So mussten sie schweren Herzens dabei zusehen, wie ihr Treck ohne sie weiterzog. Natürlich nicht, ohne einen Treffpunkt auszumachen und sich eine genaue Wegbeschreibung geben zu lassen.

Als die Sicherheit der Gruppe schwand, fühlte Anna sich allein und hilflos.

Ein netter tschechischer Arzt, der fließend Deutsch sprach, hatte ihnen mit dem Versprechen, sich um Franz zu kümmern und ihn wieder gesund zu pflegen Zuflucht gewährt.

Sie waren in einem kleinen Zimmerchen untergebracht worden, das, wie der großzügige Mann erklärte, normalerweise der Tochter des Hauses gehörte, welche aber zur dieser Zeit bei den Großeltern wohnte, um ihnen helfend unter die Arme zu greifen.

Marie hatte den Arzt im Morgengrauen um Hilfe gebeten, er war der einzige Mediziner in dem kleinen Dorf. Es war ein Glück, dass es überhaupt einen gab.

Er war gleich darauf in der Kirche erschienen, um zu helfen.

Er war ein bescheidener Mann mit einem abgenutzten Mantel und einem ausgewaschenen Hemd. Sein Gesicht war rund, seine Haare schon am Ergrauen und seine braunen Augen strahlten Wärme aus. Ohne zu zögern, hatte er sie zu sich genommen, als er Franz gesehen hatte.

Sein Haus hob sich optisch nicht von den anderen kleinen Häuschen ab, es war weder größer noch schmuckvoller, aber es strahlte wie sein Besitzer Trost aus. Es war einfach eingerichtet, aber warm und sie durften sich sogar baden – ein Gut, das man erst zu schätzen weiß, wenn man viele Wochen ohne diesen Luxus auskommen muss. Hygiene und Körperpflege verloren an Bedeutung, in Anbetracht dessen, dass man um sein Leben kämpfen musste und froh war, überhaupt eine Unterkunft oder Essen ergattern zu können.

Anna streckte sich noch einmal im Bett aus und gähnte herzhaft.

Sie hatte sofort die Gelegenheit genutzt, um sich ausruhen zu können und war mitten am Tag nach einer gründlichen Wäsche ins Bett gestiegen. Ein richtiges Bett mit Wäsche und Polster benutzen zu dürfen, konnte sie nicht ungenutzt verstreichen lassen. Es war ein Geschenk, die müden Glieder und den schmerzenden Rücken ausruhen zu können.

Verschlafen blickte sie sich im Zimmer um. Es war schlicht, quadratisch und vollgestellt mit drei Betten, die vermuten ließen, dass der freundliche Arzt, der sich als Rudolf vorgestellt hatte, öfter Hilfesuchende zu sich nahm. Sonst befanden sich noch zwei Stühle, ein Holzschrank und ein großer Spiegel im Raum. An der Wand hingen ein schlichtes Kreuz aus Holz und ein eingerahmtes Foto, das Rudolf zeigte, seine Hand liebevoll auf die Schulter einer Frau gelegt. Davor saß auf einem Stuhl ein kleines blondes Mädchen, vermutlich die Tochter, in deren Zimmer sie nun waren. Die Frau hatte ebenfalls blonde Haare, die hochgeflochten waren, und auch ein freundliches Gesicht.

Marie, die im etwas kleineren Bett neben ihr lag, schnarchte leise. Auch sie nutzte die Ruhezeit, die ihnen geschenkt worden war, genauso wie ihre Mutter. Diese schlief unruhig und wimmerte leise. Der gestrige Tag war belastend für sie gewesen. Sie war erst am Morgen nach dem Erwachen wieder richtig zur Besinnung gekommen. Sie schämte sich furchtbar für ihren Schwächeanfall, und Anna und ihre Schwester versuchten, Verständnis zu zeigen. Innerlich machten sie ihr jedoch Vorwürfe, dass sie nicht um Hilfe gebeten und sich und Franz so in Gefahr gebracht hatte.

Es war eine schwere Zeit für die Mutter. Sie hatte die Verantwortung für alle vier zu tragen und musste sich um Franz kümmern. Auch wenn sie jetzt wussten, dass es das einzig richtige gewesen war, hatte sie die Last der Entscheidung zu stemmen, ihr Heim hinter sich gelassen zu haben.

Die Verlockung war groß, sich einfach noch einmal im Bett umzudrehen und weiterzuschlafen. Aber wenn sie das tat, würde sie in der Nacht kein Auge mehr zutun können und sie würden am nächsten Tag früh aufbrechen, um ihren Treck wieder einholen zu können.

So schlug Anna möglichst leise die Decke zurück und stellte ihre nackten Füße vorsichtig auf den Boden. In Erwartung von Kälte biss sie die Zähne zusammen. Aber es war wohlig warm im gesamten Haus und unbeschreiblich schön, nicht frieren zu müssen.

Sie stand auf und griff nach ihrer Kleidung, die ordentlich zusammengefaltet auf einem Stuhl neben ihrem Bett lag. Ihr ständiger Begleiter, der Rucksack, lehnte daneben. Sie zog sich das dick gefütterte Nachthemd über den Kopf und verstaute es wieder. Es war eigenartig, zu wissen, dass dieser kleine gefüllte Stauraum im Augenblick alles war, was sie besaß. Es war so wenig, aber momentan musste es reichen.

Um nicht ins Grübeln zu kommen, beeilte sie sich, ihr gewohntes Gewand überzustreifen. Sie würde im Haus nach Gesellschaft suchen, vielleicht konnte sie sich die Zeit mit einer netten Plauderei vertreiben. So ging sie zu Türe und als sie die Hand

196

hob, um den Türknopf zu fassen, fiel ihr Blick in den großen Spiegel, der neben der Tür stand.

Ein fremdes Gesicht blickte ihr entgegen. Man konnte über Annas Statur und grobes Gesicht sagen, was man wollte, aber es hatte immer Fröhlichkeit ausgestrahlt. Auch wenn sie an diesem Tag vergleichsweise ausgeruht war, sah es nun eingefallen aus und irgendwie grau. An ihren Haaren erkannte man die fehlende Zuwendung, sie waren nur nachlässig zu einem Zopf gebunden, den sie schon seit dem Tag davor trug. Ihre Kleidung war oft geflickt worden und es fehlten Knöpfe. Im Ganzen sah man ihr an, wie erschöpft sie war und dass sie kein Zuhause hatte.

Sie schüttelte den Kopf, wandte sich ab, verließ den Raum und trat in den kurzen Gang, von dem vier Türen abzweigten. Anna wusste schon von gestern, wo sich die Kuchl befand.

Als sie die Türe aufzog, kam ihr der warme Geruch von Fleisch und Suppe entgegen und wie auf Kommando fing ihr Magen an zu knurren. Sie hatte an diesem Tag noch nichts zu sich genommen, wie ihr in diesem Moment schmerzlich bewusst wurde.

Auch die Küche war klein und dunkel, aber mit der Wärme, dem guten Geruch und den vielen Bildern an der Wand war es der heimeligste Ort, an dem sich Anna seit ihrem Aufbruch aufhalten durfte. Die Küche war gefüllt mit Leben, was vor allem an der Frau lag, die arbeitstüchtig am Herd hantierte.

Mit ihren blonden Haaren und der schlanken Statur wusste Anna gleich, dass es sich um die Frau von dem Foto handelte, vermutlich Rudolfs Frau.

Sie sah auf und hatte ein freundliches Lächeln aufgesetzt.

Mit starkem Akzent sagte sie auf Deutsch: „Schön, dass du aufgewacht bist, das Essen ist beinahe fertig. Ich heiße Monika."

Anna mochte sie auf Anhieb.

„Es freut mich sehr. Ich heiße Anna und möchte mich von ganzem Herzen bedanken, dass wir bei euch unterkommen durften. Kann ich etwas helfen?"

„Nein, das ist freundlich von dir. Bitte setz dich doch und ruh dich aus. Ich bin mir sicher, du hast eine anstrengende Zeit hinter dir."

Anna stand noch kurz unschlüssig vor der Türe, nicht sicher, ob sie sich tatsächlich einfach hinsetzen sollte. Aber die Gemütlichkeit siegte, sie überwand geschwind die Distanz zum Tisch und nahm auf einem der Sessel Platz.

Der Tisch war schon für sechs Leute gedeckt. Monika hatte einfach für sie mitgekocht und aufgedeckt. Die Nächstenliebe dieser fremden Frau rührte Anna. Zwar wurde ihnen oft beim Notwendigsten helfend unter die Arme gegriffen, aber das lag vorwiegend daran, dass es beinahe Pflicht war, die Trecks für eine Nacht zu versorgen. Sonst wurde ihnen aber nur selten Freundlichkeit entgegengebracht.

Wer konnte es der Gesellschaft vorwerfen? Die meisten Menschen besaßen nicht viel außer Kummer und Leid. Dieser Krieg verlangte ihnen alles ab, das Schlimmste aber waren die zahlreichen Verluste unter Freunden und Familienmitgliedern. Umso wertvoller waren dann Begegnungen mit solch freundlichen Menschen.

„Sollen wir deine Mutter und Schwester schlafen lassen? Ich könnte das Essen später für sie noch einmal aufwärmen. Rudolf wird auch erst später kommen. Dann essen wir zwei Frauen eben alleine. Solche Umstände verlangen eben außergewöhnliche Maßnahmen.“

Sie zwinkerte ihr keck zu und Annas Sympathie für sie wuchs. Diese Idee erschien ihr gut, vor allem die Mutter musste sich unbedingt ausruhen und zu neuen Kräften kommen.

„Ja, sehr gerne“, sagte sie darum.

Schon im nächsten Moment stand eine dampfende Schüssel Kartoffelsuppe vor ihr und wieder zog sich ihr Magen vor Hunger zusammen. Der köstliche Duft und dass sie ganz alleine und gesittet an einem Tisch essen konnte, kamen Anna wie ein Wunder vor. Wie hatte sie solche Alltäglichkeit früher nicht einmal mit einem kleinen Gedanken würdigen können? Natürlich hatten sie im Gebet vor dem Mahl Gott gedankt, aber im Nachhinein wusste Anna, dass das nicht von Herzen gekommen war. Zu selbstverständlich hatte sie zum Beispiel eine heiße Kartoffelsuppe am Tisch genommen, um tatsächlich dankbar dafür sein zu können. Zum ersten Mal seit langem dankte sie Gott für ihr Leben und die Geschenke, die es trotz der schrecklichen Umstände bereithielt.

„Jemanden so strahlen zu sehen, dem ich meine einfache Kartoffelsuppe hinstelle, ist eine Freude. Hattest du schon lange keine Gelegenheit mehr, in Ruhe zu essen? Wo kommt ihr denn genau her?", riss Monika sie aus den Gedanken.

„Mir kommt es vor, als wäre es eine halbe Ewigkeit her, dass ich so ein Glück hatte. Vermutlich wird es eine weitere dauern, bis ich wieder in den Genuss kommen werde. Aus Kobelwitz, Nähe Breslau."

Anna konnte sich beinahe nicht auf ihre eigenen Worte konzentrieren, so lenkte sie die Suppe ab.

„Bitte, beginn doch zu essen. Ich sehe doch, welch großen Hunger du hast!"

Das ließ sie sich nicht zweimal sagen und sie vergaß alle Höflichkeit. In größter Geschwindigkeit schaufelte sie das köstliche Essen in sich hinein. Es schmeckte herrlich, als wäre es das Beste, das sie je kosten durfte. Kein Vergleich zu den Massenrationen, die sie sonst zur Verfügung gestellt bekam. Natürlich waren sie dankbar, nach den anstrengenden Tagen eine warme Mahlzeit zu bekommen, was glücklicherweise beinahe immer der Fall war, aber es war etwas ganz anderes, in Frieden diese mit Gefühl gekochte Suppe in Gesellschaft nur einer Person zu sich zu nehmen. Sie war sehr würzig und Anna griff auch beherzt beim Brot und dem Apfelsaft zu, die Monika auch auf den Tisch gestellt hatte.

„Ich habe Gerüchte gehört, es wird so weit kommen, dass alle Deutschen aus Schlesien ausgesiedelt werden und nie mehr die Gelegenheit bekommen werden, zurückzukehren. Ich weiß, die Regierung will euch weißmachen, ihr hättet noch die Chance, wieder in eure Heimat zu kommen, aber ich habe gehört, bald wird es dort nur noch Polen und Russen geben. Niemand sonst soll sich dann noch dort aufhalten, wenn es so weit kommt."

Warum Monika in diesem Moment mit so einem schlimmen Thema anfing, konnte sich Anna nicht erklären. Sie zog es vor, zu versuchen, sich nicht zu viele Gedanken über die Heimat zu machen. Zu viel Ungewissheit lag in der Luft. Zu viele schreckliche Gerüchte und Zukunftsvorhersagen. Und an die Tatsache, dass ihr Dorf niedergebrannt sein sollte, mochte sie keine Sekunde denken.

Monika sah sie mitfühlend an, beinahe als bereue sie ihre Worte. Bestimmt war es nicht ihre Absicht gewesen, sie zu verletzen.

„Ich versuche, nicht zurückzusehen. Ich will einfach nur durchzuhalten."

Das Schwierige an Annas Vorsatz, nicht zurückzublicken war, dass sie auch nicht in die Zukunft blicken wollte. Sie konnte nicht erkennen, wo sie ihr Weg hinführen würde. Sie hatten sich Richtung Süddeutschland aufgemacht. Wahrscheinlich würden sie in Bayern landen.

Aber was würde geschehen, wenn sie ihr Ziel erreicht hatten? Bedeutete das Ankommen auch ein Aufatmen oder würden sie nie wieder einen Ort besitzen, den sie ihr Heim nennen konnten? Anna sah kein Licht am Ende des Tunnels.

Aber ihre größte Hoffnung, ihr größter Wunsch war es, Richard wiederzusehen.

Sie würde alles dafür tun, ihn noch einmal umarmen zu dürfen, ihn zu küssen und sich in seinem Blick zu verlieren. Sie würde für ihn durchhalten, würde nicht aufgeben, bis sie wieder bei ihm war.

***

Bayern, Deutschland April 1945

Der Frühling zeigte seine Schönheit, als der Treck das zugewiesene Ziel erreichte.

Schon seit einigen Tagen wussten sie von ihrem Dorfvorsteher, wo genau sie ankommen würden. Inzwischen war allen klar, dass sie nicht nach Schlesien zurückkehren würden.

Als es geheißen hatte, dass sie ihr Ziel erreicht hatten, hatte sich Aufregung breitgemacht. So lange waren sie jetzt schon unterwegs gewesen, Anna konnte sich schwer vorstellen, bald ein Bett zu haben, in das sie täglich zurückkehren konnte, auch wenn sie nicht vorhatte, lange hier in Bayern zu verweilen.

Sobald sich eine Gelegenheit bot, würde sie versuchen, sich mit Richard zu treffen. Das Problem war, sie wusste nicht im Geringsten, wo er sich aufhielt, ob er immer noch in Griechenland stationiert war und sie konnte nur hoffen, dass es ihm gutging. Sie hatte nun seit beinahe vier Monaten nichts mehr von ihm gehört oder gelesen.

Der Schnee war beinahe komplett verschwunden und man musste sich beim Wandern nicht mehr vor Erfrierungen fürchten.

Sie gingen über eine relativ gut befestigte Straße, als das Ortsschild auftauchte, das den Namen ihrer neuen Heimat trug. Die Wiesen links und rechts der Straße waren grüner, als noch vor einem Monat und die Frühlingsblumen steckten ihre gelben und rosaroten Köpfe durch die harte Erde. Einzelne Bäume standen in der Landschaft, sie trugen schon kleine Knospen und blühten in verschiedenen Farben. Die Sonne schickte hin und wieder warme Strahlen zur Erde, wenn sie nicht gerade von einer Wolke verdeckt wurde.

An so vielen Ortsschildern waren sie nun schon vorbeigekommen, oft hatten sie die Bedeutung gehabt, dass eine Pause bevorstand oder sie das Ziel eines Tages erreicht hatten. Aber Anna fühlte sich beinahe taub, als sie die schwarze Schrift des Ortnamens erkannte. Sie wusste nicht, was sie empfinden sollte. Die Aussicht, am nächsten Tag nicht weitergehen zu müssen, war wunderbar, aber dieser Ort war ihr fremd. Keinen seiner Bewohner kannte sie, kein Haus und keinen Weg.

Sie schüttelte den Kopf und versuchte, sich auf ihre Umgebung zu konzentrieren. Sie ging allein, ihre Mutter ging weit vor ihr, sie zog den kleinen Wagen, den sie mit Müh und Not gegen den Schlitten tauschen hatten können.

Franz sauste mit den anderen Kindern in der Gegend herum, sie waren schon sehr aufgeregt und freuten sich auf ihr Ziel. Es hatte noch eine ganze Woche gedauert, bis es ihm nach seiner Krankheit besser gegangen war. Immer noch trug er Folgen davon und auf einem Ohr hörte er beinahe nichts mehr. Aber nun konnte man wieder erkennen, wie lebensfroh und fröhlich er war.

Bald tauchte das erste Haus des Ortes auf. Es lag etwas abseits der Straße und dahinter befand sich eine große Weide, auf der einige Kühe grasten. Das Haus war klein und das Dach neigte sich tief, sodass es beinahe die Erde berührte. Es war weiß bemalt, hatte hölzerne Streben und einen Balkon aus demselben Material. Eben ein ganz normales Haus, wie Anna enttäuscht feststellte.

Ihr kam ein freudloses Lachen über die Lippen.

Was hatte sie denn erwartet? Natürlich war ihr zukünftiger Heimatsort wie jeder andere in diesem Land.

Je weiter sie gingen, desto dichter waren die Häuser aneinandergereiht. Es kamen ihnen auch immer häufiger Leute entgegen. Anna fand, dass sie ihnen entgeisterte Blicke zuwarfen und einmal hörte sie ein Mädchen „Eselfresser" zischen. Diese Beschimpfung kostete Anna nur ein Lächeln, wusste doch jeder, dass niemand in ihrem Land solche Tiere wirklich verspeiste. Warum sich dieses Wort über die Jahre trotzdem so gut gehalten hatte, verstand sie nicht. Wenn auch lächerlich, tat es doch etwas weh, zu wissen, dass scheinbar nicht jeder ihrer neuen Nachbarn begeistert über ihr Eintreffen war.

Irgendwann sah sie eine Kirchturmspitze zwischen den Häusern auftauchen. Sie hatte ein rotes Dach, einen spitzen Turm, eine Uhr und ein großes helles Tor. Es war ein katholisches Gotteshaus. Sie hatte schon gehört, dass dieser Glaube hier weit stärker verbreitet war, als der evangelische.

Es hieß, ihr gesamter Treck würde noch heute auf die Bewohner aufgeteilt werden. Angeblich waren die Einwohner schon darauf vorbereitet worden, dass auch sie bald Fremde aufnehmen mussten.

In vielen Gebieten war das schon der Fall.

Mit ihrem Eintreffen stießen sie natürlich auf keine Begeisterung, bedeutete es doch, dass noch mehr geteilt werden musste.

Sie hatten sich nun alle am Platz vor der Kirche, dem Hauptplatz, eingefunden. Er war von Wohnhäusern und Geschäften umrahmt, man sah von hier aus einen Fleischer, einen Bäcker und die Post.

Gleich am nächsten Tag würde Anna einen Brief an Richard senden. Falls sie dann keine Antwort von ihm bekam, würde sie versuchen, seine Mutter zu kontaktieren.

Sie würde hoffentlich nicht lange hier bleiben, bald schon wieder aufbrechen, Richards Armen entgegen. Bestimmt würde er irgendwann heimkehren, zu seiner Familie und dann würde sie dort auf ihn warten.

Sie hatte das ewige Wandern und Trotten satt, aber für Richard würde sie noch am heutigen Tag bis ans Ende der Welt aufbrechen.

Heute war das Ziel ihres Trecks, ihre neue Heimat erreicht, morgen würde sie ihre Weiterreise planen.

***

Juli 1945

„Das ist doch Irrsinn! Ich verschwende hier meine Zeit!"

Wütend wedelte Anna mit dem Zettel in der Luft.

206

Marie hatte ihr den Brief auf das Zimmer gebracht, in dem die ganze Familie schlief. Es war einfach und klein, früher hatten hier die Knechte der Familie, bei der sie untergekommen waren, gewohnt. Nun hatten sie hier glücklicherweise Platz gefunden. Sie musste sich ein Bett mit Marie teilen, aber sie war froh, überhaupt eines zu haben.

Auch versorgt wurden sie gut und inzwischen waren die Leute recht freundlich zu ihnen. Sie waren gleich am ersten Tag zur Arbeit eingeteilt worden, meist am Feld. Es gab zwar kein Geld, aber Verpflegung und Unterkunft, ein Gut, das sie sehr zu schätzen wussten.

„Ich muss da hin! Ich kann doch nicht hier herumsitzen!"

Marie sah sie auf eine Art und Weise an, die keinen Zweifel daran ließ, was sie von ihrem Gefühlsausbruch hielt. Sie dachte wohl, sie hätte eine Verrückte vor sich. Vielleicht hatte sie tatsächlich den Verstand verloren, aber sie würde nicht mehr stillhalten.

Sie waren nun schon viel zu lange in Bayern, hatten Monate hier verbracht. Sie waren bei einer Familie untergekommen, die große Felder besaß und bei der es auch viel Arbeit gab, die sie erledigen mussten.

Die ersten Tage hatte es Spannungen zwischen den beiden Familien gegeben. Aber die Wogen hatten sich nach ein paar Wochen geglättet, man hatte sich an die neue Situation gewöhnt und gemerkt, dass sie tüchtig anpacken konnten und in der Landwirtschaft eine große Hilfe waren.

Anna und Marie verstanden sich gut mit Luise, der Tochter des Hauses, die im ungefähr gleichen Alter war wie die beiden. Sie hatte auch einen Zwillingsbruder und einen älteren. Die beiden hatten Franz am Anfang das Leben recht schwer gemacht.

Auch in der Schule war er die ersten Wochen aufgezogen, wegen seiner Herkunft beleidigt und sogar verprügelt worden. Aber es war schwer, dagegen vorzugehen, immerhin waren sie auf die Eltern der Kinder angewiesen. Er hatte da durchgemusst und irgendwann hatten die Hänseleien nachgelassen.

Die Religion war nicht der einzige kulturelle Unterschied der alten und neuen Einwohner des Dorfes. Zu Anfang hatte Anna die Leute hierzulande kaum verstehen können, zu stark war deren eigenartiger Akzent.

Diese Umstände waren Anna anfangs egal gewesen, zu sicher war sie sich, dass sie gleich wieder aufbrechen würde. Sie hatte, wie vorgenommen, gleich am Tag nach ihrer Ankunft einen Brief verfasst und hoffnungsvoll abgeschickt, aber nie eine Antwort bekommen.

Es war kaum mehr auszuhalten für sie, ohne ihn, ohne Richard, ihren Mann.

Sie hatte eingesehen, dass es keinen Sinn machte, Hals über Kopf nach Österreich aufzubrechen und

208

seiner Mutter am Rockzipfel zu hängen, wenn er nicht auch dort war.

Sie musste warten und das zerriss sie beinahe.

Nach ein paar Wochen hatte sie einen Brief an seine Mutter geschickt, hoffend, dass diese Genaueres wusste oder wenigstens ein Lebenszeichen von ihrem Sohn erhalten hatte.

Aber dann war das passiert, worauf die ganze Welt gehofft hatte. Viele Wochen war es nun her, dass der Krieg nach sechs langen Jahren abrupt geendet hatte.

Seitdem machte sich Anna schreckliche Sorgen um Richard. Er gehörte, wie sie alle, zu der Partei, die verloren hatte.

Gegen die deutschen Soldaten wurde nun hart vorgegangen. Damit waren viele Freunde und Bekannte in großer Gefahr, so auch ihr Vater oder Richard, wenn er überhaupt noch lebte.

Bei dem Gedanken kam die Verzweiflung in Anna hoch. Sie versuchte, tief durchzuatmen, versuchte, die Furcht wegzuschieben. Aber ihr war, als würde ihr Herz zusammengedrückt vor Panik.

„Beruhige dich doch."

Marie hatte gemerkt, dass sie kurz vor einer Panikattacke stand, was nicht schwer war, denn Anna fühlte, dass ihr Gesicht schon ganz feucht war. Sie hatte zu weinen begonnen.

„Was in dem Brief steht, ist doch gut! Jetzt wissen wir, dass es Richard bis vor kurzem noch gut gegangen ist."

Entsetzt sah Anna ihre Schwester an. Sie ballte die Hände zu Fäusten.

„Eben, das ist der springende Punkt. *Bis vor kurzem.*"

Wie wild deutete sie auf die von Richards Mutter geschriebenen Zeilen. Im Brief stand genau das, wovor sich Anna nun sechs Jahre gefürchtet hatte.

„Versuch, einen klaren Kopf zu behalten. Was wissen wir schon? Das ist keine Todesmeldung, Anna!"

Marie legte ihr die Hand mitfühlend auf die Schulter. Wütend schüttelte sie diese ab.

„Kühlen Kopf bewahren! Bist du wahnsinnig? Mein Mann ist höchstwahrscheinlich ein Kriegsgefangener. Falls er überhaupt noch lebt."

Noch einmal schüttelte sie den Brief in der Luft, als könne sie damit die Information vertreiben. Richards Mutter erklärte darin, warum es ihm nicht möglich war, zurückzuschreiben. Die Familien der Soldaten seiner Truppe hatten in Erfahrung gebracht, dass ihre Angehörigen von den Franzosen gefangen genommen worden waren.

„Versuchen wir, das Positive zu sehen. Erst vor ein paar Wochen war Richard noch wohlauf und inmitten seiner Truppen. Außerdem wurde er von den Franzosen gefangen genommen, nicht von den

Russen. Schreib ihr zurück und bitte sie, dich gleich zu informieren, wenn er nach Hause kommt."

Marie wollte sie beruhigen, aber Anna wollte das nicht, zu lange war sie nun ruhig gewesen, hatte hier gearbeitet und nichts gemacht, um sich Richard näher zu bringen.

Wütend wischte sie die Tränen aus dem Gesicht und stampfte mit dem Fuß auf.

Ein Entschluss festigte sich in ihr. Hier herumzusitzen und auf eine Antwort zu warten, war nicht mehr genug. Sie würde ihr Schicksal selbst in die Hand nehmen, würde handeln.

„Nein! Es reicht! Ich werde gleich morgen nach Österreich aufbrechen. Immerhin ist die Reise von hier aus kürzer, als von Schlesien und die habe ich auch schon bewältigt. Ich werde gleich packen."

Fassungslos starrte Marie sie an, nun nicht mehr mitfühlend, sondern wieder, als hätte sie eine Verrückte vor sich. In ihren Augen blitzte es wütend auf.

„Das war aber bevor dieser Krieg geendet hat! Es heißt, es sei beinahe unmöglich, als schlesischer Flüchtling die Grenzen zu passieren. Wir werden angeblich ohne passende Papiere nicht durchgelassen. Du wirst scheitern. Außerdem kannst du doch nicht einfach deine Familie zurücklassen. Was wird Vater sagen, wenn er endlich bei uns eintrifft? Genau das hat er befürchtet, dass du uns den Rücken zuwenden wirst!"

Dass Marie kein Verständnis aufbrachte, verletzte Anna. Auf ihre Unterstützung hätte sie eigentlich gezählt, aber das würde an ihrem Entschluss auch nichts mehr ändern. Und der Meinung ihres Vaters, der nun schon seit Wochen vom Norden her mit dem Rad zu ihnen unterwegs war, wie sie in einem Brief erfahren hatten, maß sie schon seit Langem keine Bedeutung mehr zu.

Sie schüttelte den Kopf, seufzte schwer, stand auf, ging zu dem kleinen hölzernen Kasten, der aussah, als würde er im nächsten Moment zusammenkrachen, zog die Tür auf und kniete sich hin.

Als sie dieses Zimmer zugewiesen bekommen hatten und sie ihre Habseligkeiten darin eingeräumt hatte, hatte sie den verhassten Rucksack in den Schrank geworfen, um ihn nie wieder ansehen zu müssen.

Sie atmete tief durch und zog ihn wieder heraus.

Ihm waren die Spuren des Verschleißes anzusehen. Die Träger fransten aus und waren mehrmals wieder zusammengenäht worden. Er hatte an mehreren Stellen Flicken, die sie angebracht hatte, um ihr Hab und Gut zu schützen. Hoffentlich würde er noch eine Reise durchhalten.

„Du kannst mich nicht einfach ignorieren. Du kannst nicht einfach verschwinden."

Aus Maries Stimme war die Wut klar herauszuhören. Anna wandte sich ihr zu und sah, dass sie einen vor Zorn geröteten Kopf hatte.

„Sag du mir nicht, was ich kann und was nicht. Es ist beschlossen, ich gehe morgen."

Sie würde ihrer Mutter alles erklären, diese würde ihr bestimmt mehr Verständnis entgegenbringen, als ihre Schwester es getan hatte. Bevor sie loszog, würde sie noch Richards Mutter schreiben und sie vorwarnen, dass sie auf dem Weg zu ihr war.

Entschlossen stand sie auf und fing an, ihre Habseligkeiten wieder in den Rucksack zu packen.

***

„Viel Glück, Anna. Schreib, wenn du angekommen bist. Auf Wiedersehen!"

Ihre Mutter zog sie noch einmal in die Arme und drückte sie fest.

Wie Anna erwartet hatte, war ihre Mutter ruhig geblieben, als sie ihr von ihrem Plan erzählt hatte. Sie hatte nur traurig geblickt und sie umarmt.

Seit gestern Abend hatte sie das oft wiederholt, sie immer wieder in ihre Arme genommen, wie jetzt, am frühen Morgen.

Sie standen vor dem Haus, in dem sie die letzten Wochen Zuflucht gefunden hatten. Es sah jenem, das sie kurz nach dem Ortsschild gesehen hatte, sehr ähnlich. Es war auch weiß mit hölzernen Streben, einem Balkon und einem großen Garten davor.

Der riesige schwarze Hund der Familie sprang freudig um sie herum. Er war so groß, dass er Anna über die Hüfte reichte und trotz seiner lieben Art konnte sie sich mit einem solch großen Tier nicht anfreunden.

Schweren Herzens befreite sie sich aus der Umarmung ihrer Mutter und ging einen Schritt zurück.

Der Rucksack schien Zentner zu wiegen, sie war sein Gewicht nicht mehr gewohnt.

Immerhin musste sie sich dieses Mal nicht gegen eisige Kälte wappnen. Es war angenehm warm und sie trug nicht viele Schichten Kleidung. Sie hatte leichte Strümpfe und ihren normalen blauen Rock an, über ihrer Bluse trug sie eine einfache Strickweste, die sie sich später vermutlich sogar ausziehen würde.

„Mach dir keine Sorgen. Im Notfall hast du ja noch eine zweite Tochter, auf die du zurückgreifen kannst." Annas Taktgefühl bekam die gleiche Reaktion wie oft.

Ihre Mutter blickte sie bestürzt an und schlug die Hand vor den Mund.

„War ja nur ein Scherz! Wird schon schief gehen und wir werden uns ja schreiben können. Sei so lieb und richte Vater einen lieben Gruß von mir aus, wenn er ankommt. Auf Wiedersehen!"

Sie drehte sich schnell um, damit sie es sich nicht anders überlegte.

Marie war nicht aufgetaucht, sie war wahrscheinlich noch beleidigt nach dem Streit gestern oder vielleicht schlief sie noch.

Wie schon in ihrem alten Dorf in Schlesien fielen ihr die ersten Schritte im Gegensatz zu ihren lockeren Worten besonders schwer. Anna hatte das Gefühl, die Sicherheit hinter sich zu lassen und dieses Mal war sie vollkommen allein, nur der Hund folgte ihr noch, was aber eher zu ihrem Unbehagen beitrug, als es zu verringern.

Sie entfernte sich langsam, überquerte den großen Garten und erreichte die Straße.

Einen letzten Blick warf sie zurück.

Ihre Mutter war wieder in das Haus gegangen, nun lag es friedlich da.

Kurz bildete sie sich ein, Maries Gesicht hinter einem der oberen Fenster aufblitzen zu sehen, aber schon im nächsten Moment war es verschwunden.

Sie würde dieses Heim und ihre Familie hinter sich lassen und das alles für Richard. Als sie an ihn dachte, fiel es ihr nicht mehr schwer, sich wieder umzudrehen und weiterzugehen.

Der Hund blickte ihr nach und sie merkte kaum, dass das Haus hinter ihr immer kleiner wurde und sie schon bald das Ortsschild passierte.

Die Sonne schien warm auf Annas Kopf, ein angenehmer Wind pfiff ihr um die Ohren und die Vögel schienen sie noch zu verabschieden. Sie fühlte die Straße unter ihren Sohlen, das Gewicht an ihren Schultern und die Einsamkeit.

Aber dieses Mal hatte sie ein klares Ziel, hatte einen Grund, zu gehen. Im Jänner hatte sie das Gefühl gehabt, ihr gesamtes Leben, alles, was ihr etwas bedeutet hatte, hinter sich zu lassen, sich von Richard zu entfernen. Nun war er der Grund ihres Aufbruchs, es war ihre eigene Entscheidung und fühlte sich gut an.

Sie ging immer weiter. Bis zur Grenze war es ein Marsch von vielen Tagen. Bis dorthin musste sie sich einen Plan überlegen, wie sie es anstellen würde, über die Grenze zu kommen. Vielleicht war es ja gar nicht unmöglich, nach Österreich zu kommen, vielleicht waren die Grenzwachen bestechlich. Anna schüttelte den Kopf über ihre Gedanken, sie hatte nichts zu geben, musste es schaffen, jemanden mit Worten zu überzeugen. Sie würde an die Gütigkeit der Beamten appellieren.

Wenn sie ehrlich zu sich selbst war, standen ihre Chancen sehr schlecht. Aber sie musste es versuchen, würde alles probieren, um Richard näherzukommen.

Sie kam gut voran und ohne auf jemanden Rücksicht nehmen zu müssen, schaffte sie es an diesem Tag weiter, als sie vermutet hatte. Sie blieb auf den Straßen und Wegen, durchquerte zwei Orte, bis sie sich entschloss, eine Pause einzulegen, um sich zu stärken und etwas von ihrem mitgebrachten Proviant zu vertilgen.

Die Straße, die sie gerade benutzte, durchquerte einen Wald. Neben der Straße schlängelte sich ein Bach entlang. Links und rechts standen hohe Laubbäume, es roch nach Sommer und es war nun zur Mittagsstunde sehr warm, um nicht zu sagen, heiß.

Die Weste hatte Anna schon vor langer Zeit ausgezogen und in ihrem Rucksack verstaut.

Sie fing an, nach einem geeigneten Ort für eine Rast Ausschau zu halten. Sie wollte ihre Kleidung nicht gleich am ersten Tag verschmutzen, indem sie sich einfach auf den Boden setzte.

Irgendwann sah sie einen Felsbrocken, der sich zwischen Straße und Bach befand und auf dem sie sogleich Platz nahm. Sie nahm sich den Rucksack von den Schultern, öffnete die schon lädierte Schnalle und zog sich ein Messer, den Laib Brot und das Selchfleisch heraus, die sie für die ersten Tage satt machen sollten und ein Abschiedsgeschenk ihrer Wirtsfamilie gewesen waren. Sie schnitt sich eine Scheibe Brot ab, und machte sich über ihr Mahl her.

Der Bach rauschte im Hintergrund und sie nahm die Geräusche der Natur wahr, wenn sie darauf achtete.

Aber da war etwas, das nicht zur Geräuschkulisse passen wollte. War es ein Poltern? Oder ein Dröhnen? Es wurde auf jeden Fall lauter.

Anna konnte an einer Hand abzählen, wie viele Wägen an ihr vorbei gefahren waren, seit sie aufgebrochen war. Die Straßen waren vorwiegend leer.

Umso verwunderter war sie, als sie das Geräusch, eindeutig als Motorengeräusch identifizierte. Es war eindeutig in ihre Richtung unterwegs und schon bald bog ein klappriger Kleintransporter um die Kurve.

Er war langsam unterwegs und verlor sogar noch an Geschwindigkeit, als er sich ihr näherte. Verwundert versuchte sie, den Fahrer des Wagens zu erkennen, der anhielt, als er auf ihrer Höhe angekommen war. Nun erkannte sie, was der Wagen transportierte: hinten waren Schafe zusammengepfercht, die sich laut beschwerten.

Die Tür öffnete sich und ein älterer Mann sprang behände aus dem Wagen. Er hatte eine schmutzige blaue Hose an, die über den Knien aufgewetzt war, und einen Hut, in dessen Krempe eine Feder gesteckt war.

„Heijo! Konnst du ma höfn?", rief er ihr zu.

Seine Stimme klang spitzbübisch und stand im Kontrast zu seinem alten Gesicht, das von weißen Haaren umrahmt wurde, die unter dem Hut hervorstanden.

Anna sah ihn verständnislos an. Sie hatte beinahe nichts verstanden, sein Akzent war stark, wahrscheinlich österreichisch.

„Vaschtehst mi net? Obst ma höfn konnst!?"

218

Anna musste sich stark konzentrieren, aber sie war sich beinahe sicher, dass er nach ihrer Hilfe fragte.

„Wo kommst du denn her? Ich kann dich fast nicht verstehen. Außerdem weiß ich nicht, ob ich dir helfen kann, wenn du deine Frage nicht stellst."

Jetzt war er es, der sie ansah, als hätte er Schwierigkeiten, sie zu verstehen. Dann aber erhellte sich sein Gesicht und er begann, schallend zu lachen, schlug sich sogar mit der Hand auf den Oberschenkel.

„Du host's owa ah faustdick hinta di Ohr'n, ha? Des mog i! I geb's zu, i hob' mi vafoan, i muss zua Grenz' und hob ka Ahnung, wo i jetzt bin. Konnst du ma den Weg sog'n?"

Anna war sich zwar nicht ganz sicher, aber wahrscheinlich hatte er sie nach dem Weg gefragt und zwar zur Grenze. Wenn sie eins und eins zusammenzählte, wollte er zur österreichischen Grenze. Da kam ihr eine Idee und sie fing an, zu grinsen.

„Ganz sicher bin ich mir zwar nicht, aber ich glaube, du hast mich nach dem Weg zu der Grenze nach Österreich gefragt und das trifft sich gut, ich muss dort nämlich auch hin, also wenn du mich mitnehmen würdest, wäre es sehr einfach, den Weg anzusagen."

Wieder erntete sie einen konzentrierten Blick. Aber diesmal blieb das Erhellen des Gesichts aus.

„Irmi! I vasteh' des Mad'l ned! Geh, kumm 'naus und hüf ma!"

Hatte er nach jemandem gerufen? Erst jetzt fiel Anna auf, dass der Beifahrersitz auch besetzt war, denn nun stieß jemand die Tür auf der anderen Seite auf und um den Wagen kam eine rundliche Frau, mindestens genauso alt wie der Mann, mit einem freundlichen runden Gesicht. Sie hatte einen langen geflochtenen Zopf aus dunklen Haaren und auch ihre Kleidung hatte ihre beste Zeit schon hinter sich.

Sie kam direkt auf sie zu und streckte ihr die Hand hin. Verwirrt stand Anna auf und ergriff sie.

„Ich bin Irmi, das ist der Heinz. Wir müssen zur Grenze und weil er nie nach dem Weg fragen will, hat sich der gute Heinz verfahren."

Sie warf dem Besagten einen spöttischen Blick zu. Sie hatte deutlich weniger Akzent und war für Anna gut zu verstehen.

„Hallo, ich heiße Anna. Ich habe gerade vorge-schlagen, dass ich euch begleite, um den Weg anzu-sagen, weil ich auch nach Österreich muss", wieder-holte sie sich.

„Eigentlich ist das eine gute Idee, aber wir haben keinen Platz mehr, du müsstest dich zwischen die Schafe zwängen. Wenn dich das nicht stört, kannst du gerne mitkommen."

Dass sie so viel Glück haben sollte, konnte sie beinahe nicht glauben.

„Das stört mich natürlich nicht. Ich bin froh, wenn ich schneller vorankomme. Der Weg ist schnell erklärt, wir befinden uns schon auf der richtigen Straße. Aber wie wollt ihr die Grenze überhaupt überqueren? Ich habe gehört, es ist sehr schwierig", sagte Anna.

Ob das nur für sie galt oder ob es allgemein schwer war, wusste sie eigentlich nicht.

Wissend lächelte Irmi. „Da brauchst du dir keine Sorgen zu machen, wir kennen einen schlecht überwachten Übergang. Außerdem kennen wir dort jemanden. Das wird schon klappen. Na, dann steig mal auf und schau, wo du Platz findest."

Sie wies auf das kleine Gatter, das hinten am Gehege der Schafe angebracht war.

„Des is aba schen dass du junges Mad'l mitkumst!" gab Heinz seinen schwer verständlichen Senf dazu.

Was auch immer er gesagt haben mochte, Irmi warf ihm einen bösen Blick zu. Anna packte schnell ihre Jausenutensilien in den Rucksack, ging um den Wagen herum, um mit Hilfen von Heinz das Gatter einen Spaltbreit zu öffnen und schnell durchzuschlüpfen, bevor die Schafe ausbüxen konnten. Jetzt stand sie inmitten von ungefähr einem Dutzend Schafe und schaute sich nach einer freien Stelle um. Schnell begriff sie, dass sie sich diese selbst schaffen musste. Sie ging in die vordere Ecke und stellte den Rucksack hin, um darauf Platz zu nehmen.

„Sitzt gut? Dann passt's! Auf geht's, Irmi, foa ma weida!"

Anna würde sich erst an diese schwer zu verstehende Sprache gewöhnen müssen. Sie seufzte, gerade erst war sie mit dem bayrischen Dialekt warm geworden.

***

Die Reise war beschwerlich und nicht mehr so angenehm, wie ihr kurzer Fußmarsch alleine.

Zwischen den Schafen zu sitzen, stellte sich als äußerst unbequem heraus. Jedes Mal, wenn sie einnickte, spürte sie schon bald eines der Schafe neugierig an ihr herumknabbern und sie schreckte wieder aus ihrem Halbschlaf. Sich so die Zeit zu vertreiben, war also ausgeschlossen. Nach einer kurzen Weile, bekam sie Rücken und Nackenschmerzen vom verkrampften Sitzen und ihr Kopf dröhnte vom lauten Motorengeräusch und dem Schafgeschrei. Wie sie roch, mochte sie sich überhaupt nicht vorstellen, aber schon nach kurzer Zeit machte sie wohl einem Misthaufen alle Ehre.

Sie krochen langsam dahin, der Transporter hatte wirklich schon bessere Zeiten gesehen. Anna überlegte, ob sie mit einem gesunden Pferd nicht schneller wäre. Aber nachdem sie kein Pferd hatte und vermutlich alleine nicht einmal über die Grenze kommen würde, war es trotz des fehlenden Komforts ein Glücksfall, dass sie Heinz und Irmi getroffen hatte.

Außerdem waren die beiden sehr freundliche Menschen, versorgten sie sogar mit Essen und am Abend verbrachte sie eine vergnügliche Zeit mit den beiden am Lagerfeuer. Sie richteten sich einfach im Freien ein Lager zum Schlafen, es war eine herrlich warme Nacht und so blieb ihnen der Aufwand erspart, um Hilfe zu bitten oder gar zu zahlen, um irgendwo unterzukommen.

Die beiden waren ein Ehepaar, wie sie Anna erzählten und nach Deutschland gekommen, um die Schafe von Irmis Schwester zu holen. Denn diese war eine reiche Großbäuerin und unterstütze ihre armen Verwandten, wo sie konnte.

Nun lag Anna wach und hörte dem Feuer zu, wie es knisterte. Sie lag auf einer Decke, die sie selbst mitgehabt hatte. Es war wohlig warm, vor allem da sie so nah am Feuer lag.

Es war ein anstrengender Tag gewesen und morgen kam der Moment, in dem sie erfahren würde, ob sie überhaupt weiterkam, denn sie würden die Grenze erreichen.

Sie war sich sicher, auch in diesem Fall Glück zu haben, denn sie wurde von Sehnsucht angetrieben und sie hatte das Gefühl, von nichts gestoppt werden zu können. Sie hatte Hoffnung. Die Hoffnung, dass sie nach Österreich kam, dass Richard wohlauf war, bald freigelassen wurde und dann zu seiner Familie zurückkehren würde, wo sie auf ihn warten würde, um ihn zu empfangen.

Sie sah seine blauen Augen vor sich und sein verschmitztes Lächeln.

Bei diesem Gedanken schlief sie ein.

***

„Beruhige dich! Ganz ruhig, im Notfall lächelst du einfach nett und sagst, du willst zu deinem Ehemann."

Anna sprach vor lauter Nervosität mit sich selbst. Jeder Minute mussten sie das Grenzhäuschen erreichen.

Sie lag mit dem Rücken an die Bretterwand zum Fahrerhäuschen des Wagens gepresst. Irmi und Heinz hatten sie mit Stroh bedeckt, so dass sie von neugierigen Blicken verschont bleiben würde. Nur zur Sicherheit, hatten sie gemeint, ihr Bekannter würde sie durchwinken, ohne sie eines Blickes zu würdigen, versprachen sie.

Umso nervöser machte es Anna, dass sie nun im Stroh versteckt lag, an dem die Schafe schon bedrohlich lange knabberten.

War sie noch überall bedeckt? Oder war vielleicht schon ihr ganzer Fuß zu sehen? Sie meinte, einen Windhauch am Bein zu spüren. Es machte sie verrückt, nichts sehen zu können. Sie hörte nur das inzwischen verhasste *Mäh* der Schafe und den lauten Motor.

Wurde der Wagen langsamer? Hatten sie die Grenze erreicht? Ihr kam es vor, als würde sie nun schon eine Ewigkeit hier liegen, nicht fähig, die Situation einschätzen zu können, scheinbar völlig von der Außenwelt abgeschnitten. Sie war sich jetzt sicher, der Wagen wurde langsamer, ihr Herz schlug so laut, dass es alle hören mussten. Ihr Atem ging schnell und sie spürte Panik in sich aufsteigen.

Was würden die Grenzbeamten mit ihr machen, wenn diese sie fanden? Auch Heinz und Irmi würden große Probleme bekommen, wenn herauskam, dass sie versuchten, jemanden über die Grenze zu schmuggeln. Sie krallte ihre Hände in das Stroh und bekam einen Schweißausbruch. Natürlich wollte sie ihnen keine Probleme bereiten, wollte nur zu Richard. Sie stellte sich vor, dass der Wagen gleich zum Stehen kam, der Motor abgeschaltet und das Stroh von ihrem Gesicht gezogen wurde.

Aber der Wagen beschleunigte wieder. Also hatten sie die Grenze noch nicht erreicht. Warum nur konnte sie nichts sehen? Es war zum Wahnsinnig-werden. Ihr kam vor, als würde das Stroh über ihrem Gesicht immer lichter werden. Sie hatte die Augen zwar geschlossen, aber strahlte da etwa die Sonne in ihr Gesicht? Sie versuchte, ein Auge zu öffnen, wurde aber gleich mit einer Fuhre Dreck bestraft, die fürchterlich brannte.

Wann würden sie endlich die Grenze erreichen? Irmi hatte gesagt, sie müsse nicht lange unter dem Stroh verweilen. Vielleicht wollte sie Anna nur beruhigen, aber in diesem Moment wäre es ihr lieber gewesen, hätte sie ihr die Wahrheit gesagt und sie wusste, wie lange sie tatsächlich in dieser Position verharren musste.

Die Sekunden zogen sich dahin und kamen ihr vor wie Stunden. Das Stroh fing an, zu jucken und es klebte an ihrem verschwitzten Gesicht. Sie musste ein Niesen unterdrücken, das bestimmt einen Ruck durch ihren Körper geschickt hätte, der Stroh weggefegt hätte. Wann hatte sie diese Situation endlich überstanden?

Es rumpelte stark und nun war sie sicher, dass ein Bein freigelegt war. Sie fing an zu zittern. Sie mussten stehen bleiben, sie wieder unsichtbar machen. Sie war sich sicher, dass der Wagen langsamer wurde. Er durfte jetzt nicht langsamer werden! Sie durften noch nicht bei der Grenze sein. Sie mussten zuerst noch ihren Fuß verdecken.

Die Schafe stießen ihr unangenehm in den Bauch.

Der Motor erstarb, der Wagen stand.

„Oh nein!", rutschte es Anna heraus.

Waren da Stimmen? Die Stille drückte unangenehm auf ihre Ohren. Nur die Schafe zerrissen die

Ruhe. Angestrengt versuchte Anna, etwas zu hören, versuchte, herauszubekommen, was los war.

Hatte der Bekannte von Irmi und Heinz sein Versprechen gebrochen und wurden sie nun durchsucht? Wenn das der Fall war, war es nur eine Frage der Zeit, bis sie entdeckt wurde.

Anna konnte ihr Herz nicht bändigen, es schlug ihr bis zum Hals.

Da war jemand am Wagen.

Sie hörte ganz deutlich, wie das Gatter aufgemacht wurde. Ihr Atem ging nur noch stoßweise. Der Wagen wurde tiefergedrückt von jemandem, der in das Gehege stieg. Jede Sekunde würde sie gefunden werden. Gleich würde ihr ein Gewehr ins Gesicht gehalten werden und sie konnte nur hoffen, dass es ein barmherziger Mann war, der sie nicht gleich erschoss.

Die Person kam näher, ging gezielt auf sie zu. Vielleicht war sie schon entdeckt worden, weil ihr Fuß freigelegt war.

Die Panik schnürte ihr die Kehle zu und sie musste Tränen unterdrücken. Direkt vor ihr blieb die Person stehen. Sie griff in das Stroh und schob es beiseite.

Anna blinzelte, die Sonne schien ihr ins Gesicht. Ihre Augen gewöhnten sich erst langsam an das helle Licht.

„Was is'n dir üba die Leber g'laufn?"

Auch wenn sie nichts verstand, das war eindeutig nicht die Stimme eines Soldaten.

Jetzt erkannte sie Heinz, der über ihr stand und sich verwirrt am Kopf kratzte.

Langsam verarbeitete sie, was sie sah. Sie befanden sich in einem Wald, weit und breit keine Spur von Grenzbeamten, einem Häuschen oder Waffen.

„Wo sind wir?"

Hatten sie die Grenze immer noch nicht erreicht?

„Herst, Mad'l! Schau ned so, als tätst an Uhu g'seh'n hob'n! Wir san scho in Österreich."

Immerhin das letzte Wort war klar verständlich gewesen. Sie waren in Österreich! Sie hatten es geschafft! Nun trennte sie nur noch eine Distanz von Richards Familie und vielleicht von einem Wiedersehen mit ihm selbst.

Sie sprang auf und umarmte Heinz. Sie war überglücklich, die Sorge verpuffte für diesen Moment.

***

Der Motor erstarb vor dem Bahnhof, an dem Anna ihre weitere Reise alleine fortsetzen würde.

Das Wetter hatte gehalten, die Sonne schien vom wolkenlosen Himmel und es war angenehm warm.

Eine schwierige Hürde war geschafft. Sie war in Österreich. Jetzt hoffte sie, mit dem Zug ihr ersehntes Ziel zu erreichen.

Sie würde am Haus von Richards Familie ankommen, und dann… Ja, und was dann?

Vielleicht war Richard sogar dort, wartete schon sehnsüchtig auf sie und sie würde endlich in seine Arme fallen.

Oder er war nicht dort… Was war, wenn der ganze Weg umsonst war und Richard nicht mehr nach Hause zurückkehren würde? Wie würde sie diesen Schmerz ertragen können?

Allein bei dem Gedanken schnürte es Anna die Kehle zu und Feuchtigkeit sammelte sich in ihren Augen.

„Alles in Ordnung mit dir?"

Anna war so in Grübeleien versunken gewesen, dass sie nicht bemerkt hatte, dass Irmi ausgestiegen war und nun hinter ihr stand.

Nun da sie den Bahnhof erreicht hatte, war sie nervös. Was würde sie bei der Weiterreise erwarten? Sie konnte nur nicken.

„Na, dann steig doch aus", meinte Irmi geistesgegenwärtig.

Anna stand mechanisch auf, nahm den Rucksack, der immer neben ihr gestanden hatte und bahnte sich einen Weg durch die Schafe. Deren wütenden Protest ignorierte sie.

Das Gatter war schnell geöffnet und umständlich kletterte sie vom Wagen. Kurz schüttelte sie den Kopf und versuchte, wieder ganz zu sich kommen.

„Ich weiß nicht, wie ich euch danken kann. Es war so großzügig von euch, mich so weit mitzunehmen. Vielen Dank!"

Bevor Irmi etwas erwidern konnte, fiel Anna ihr um den Hals.

„Finde deinen Richard, dann haben wir das gerne gemacht!"

Irmi zog sich einen halben Arm breit zurück und gab ihr einen Kuss auf die Wange. Dann machte sie sich los und ging wieder zur Wagentür, um sie aufzuziehen und – für ihr Alter sehr geschickt – hineinzuklettern.

Anna ging um den Wagen und blieb vor dem Fahrerfenster stehen, hinter dem Heinz saß. Sie streckte ihm die Hand entgegen, die er sogleich mit seiner warmen, von der Arbeit rauen, Hand ergriff und drückte.

„Vielen Dank! Kommt gut nach Hause. Ich hoffe, wir sehen uns wieder."

Diese Worte waren ernst gemeint, sie hatte das Ehepaar lieb gewonnen. Die beiden waren warmherzig und freundlich.

„Es woa schen füa uns, so a junges Dirndl mitzunehman. Vü Glück!"

Anna strahlte ihn an, sie hatte ihn tatsächlich verstanden und dass er ihr Glück wünschte, rührte sie.

Sie zog die Hand zurück und winkte.

Der Motor heulte auf und der Wagen rollte wieder langsam von dannen, genauso wie er vor einiger Zeit im Wald aufgetaucht war.

Anna sah ihm nach, bis er aus ihrem Sichtfeld verschwunden war. Tief durchatmend drehte sie sich um und machte sich auf den Weg.

***

Nach einigen Tagen hatte Anna die Steiermark erreicht.

Immer wieder hatte sie Glück gehabt und es wurde ihr weitergeholfen.

Das letzte Stück musste sie zu Fuß gehen. Als sie gerade den sanften Hügel zum Haus von Richards Familie bestieg, bedauerte sie sehr, dass sie keine Möglichkeit gehabt hatte, sich noch frisch zu machen. Wie sie nach dieser Reise aussah oder gar roch, mochte sie sich nicht vorstellen. Als sie an sich heruntersah, musste sie feststellen, dass dieser Gedanke auf ihre Kleidung voll und ganz zutraf. Sie war so verdreckt, dass man beinahe nicht mehr feststellen konnte, welche Farbe sie ursprünglich gehabt hatte.

Aber nun war es zu spät, sie war beinahe beim Haus angelangt und sie hatte so viel durchgemacht, um hier überhaupt anzukommen, da würde sie sich über solch Nichtigkeiten keine weiteren Gedanken machen.

Das Haus war schon zu erkennen. Sie kannte es zwar von ihrem Besuch, aber ihr kam es vor, als wäre es in einem anderen Leben gewesen, dass sie hier gewesen war und sich danach wieder auf den Weg nach Schlesien gemacht hatte.

Damals war sie noch ein Mädchen gewesen. Natürlich war sie schon damals Richards Frau gewesen, aber trotzdem noch jung und naiv.

Inzwischen war sie kaum älter, aber sie hatte so viel durchstehen müssen, dass sie sich nicht mehr mit dem Mädchen von damals vergleichen konnte.

Aber diese Entwicklung war für Anna kaum von Bedeutung, denn sie hatte den Kopf voll mit Hoffnungsbildern von Richard, den sie nun hoffentlich in diesem Haus finden würde.

Es war ein kleines Haus aus dunklem Holz. Einladend stand es da, Blumen blühten, die kleinen Fenster wurden von Läden geziert und das Dach hatte einige nette Giebelchen. Die Straße verlief zwischen dem recht großen Kuhstall und dem Wohnhaus. Ein Schweinestall und ein Schuppen befanden sich dahinter. Das Haus hatte innen nur drei Räume, was sehr wenig war, wenn man bedachte, dass Richard drei Brüder hatte und alle noch hier wohnten. Lange würden sie hier nicht bleiben können, der Platz würde schlecht für sie alle reichen.

Aber auch darüber wollte sie sich nun keine Gedanken machen. Sie wollte schnell neue Informationen über Richard bekommen. Sie wollte endlich wissen, wie es um ihn stand.

Anna straffte die Schultern, ging langsam auf die Tür zu und entschied, laut zu klopfen. Aber als sie nur noch zwei Schritte von der Tür entfernt war, wurde sie aufgerissen und heraus kam Johan, der jüngste Bruder von Richard, der von jedem nur Hansi genannt wurde.

„Anna! Das ist ja eine Überraschung!"

Freundschaftlich schlug er ihr, etwas zu fest, auf die Schulter.

„Was machst du hier?"

Bevor Anna zur Antwort ansetzen konnte, tat er so, als würde er die Luft um sie herum beschnüffeln und verzog das Gesicht.

„Himmel, Anna! Du stinkst wie ein Saustall! Bist du auf einem Schwein hergeritten?"

So viel zu ihren Bedenken, über die Anna sich keinen Kopf mehr machen wollte. Aber dieses Verhalten mochte sie an Hansi. Wenn man nicht leicht zu beleidigen war, konnte man viel Spaß mit ihm haben. Er hatte immer rot gefärbte Backen und sah mit seinem schelmischen Blick und den blonden Haaren aus wie ein Spitzbub, obwohl er beinahe so alt war wie Anna.

„Es waren Schafe und du weißt scheinbar nicht, wie man mit seiner Schwägerin umzugehen hat. Hast du nichts in deiner Kinderstube gelernt?", entgegnete sie nicht minder schalkhaft.

Die beiden blieben sich nichts schuldig und dass sie sich gut verstanden und wie Geschwister zankten, hatte sich schon beim ersten Treffen herausgestellt. Er lachte laut und schlug ihr noch einmal auf die Schulter.

„Na, komm doch rein, werte Schwägerin! Suchen wir einen Eimer Wasser, den wir dir über den Kopf leeren können. Bis du fertig bist, wird Mutter auch wieder da sein. Die ist nämlich noch am Feld. Die wird sich sehr freuen, dass du da bist. Vor allem mit dem Begräbnis und so."

Anna, die sich gerade auf den Weg ins Haus gemacht hatte, blieb abrupt stehen und riss die Augen auf.

Begräbnis?

Ihr wurde schlecht. Alles fing an, sich zu drehen. Das durfte nicht wahr sein. Sie musste sich an der Mauer stützen, um nicht zu stürzen.

„Alles in Ordnung?" Hansi blickte sie besorgt an.

„Wessen Begräbnis?" Sie musste tief ein- und ausatmen und ihr gesamter Körper begann zu zittern.

„Ich dachte, das weißt du schon und das es der Grund für dein Auftauchen wäre!"

Hansis Stimme hatte nun einen traurigen Klang, sein Blick wanderte zu Boden.

Nach allem, was sie durchgemacht hatte, konnte es nicht so enden! Es durfte nicht so enden!

Ihr Atem ging stoßweise und schnell, die Panik machte es ihr unmöglich, klar zu denken. Sie war so weit gekommen. Ihre Brust schmerzte.

Im nächsten Moment wurde es schwarz um Anna.

„Sie war wohl einfach erschöpft und ich bemerke das nicht einmal."

Es war immer noch dunkel, und Anna bemerkte, dass sie die Augen geschlossen hatte. Sie spürte, dass sie weich lag, vermutlich in einem Bett. Sie war noch nicht bereit, vollends aus der kuscheligen Ohnmacht zu erwachen.

Wer hatte sie denn in ein Bett gebracht? Sie war doch gerade noch vor dem Haus von Richard gestanden.

Richard!

Sie schlug die Augen auf und fuhr aus ihrer liegenden Position auf. Prompt wurde ihr wieder schwarz vor Augen. Sie hob die Hand zum Gesicht und strich sich darüber.

„Wessen Begräbnis?", wiederholte sie ihre Frage von vorhin.

Langsam drang wieder Licht in ihren Blick. Neben dem Bett, in dem sie lag, standen Hansi und Richards Mutter, Brigitte. Sie befand sich im Schlafzimmer der Brüder, in Richards Bett.

„Nicht wieder in Ohnmacht fallen, du feine Dame. Unser Onkel ist gestorben und bemessen an der Tatsache, dass du ihn nicht kanntest, finde ich, dass du etwas überreagierst."

Hansis Worte waren wie eine Erlösung.

Es fiel Anna kein Stein vom Herzen, sondern ein ganzer Felsbrocken. Sie fühlte sich so leicht wie eine Feder. Es war nur der Onkel gewesen.

Bei diesem Gedanken biss sich Anna auf die Zunge. Es war nicht richtig, so zu denken. Aber sie war trotzdem so erleichtert, dass sie alle Anwesenden am liebsten umarmt hätte.

„Hansi! Du hast Anna genug geärgert und hab etwas mehr Respekt vor deinem totem Onkel. Geh raus", sagte Brigitte ungewöhnlich scharf.

Hansi zog den Kopf ein und trollte sich aus dem Zimmer.

„Wie geht es Richard? Gibt es etwas Neues?"

Eigentlich hätte sie als Erstes ihr Beileid zu dem Verlust der Familie aussprechen müssen, aber sie konnte sich nicht mehr zurückhalten.

Brigittes Blick wurde ganz weich, aber da war noch etwas, war es Mitleid? Sie konnte keine schlechte Nachricht mehr ertragen.

„Wir haben leider nichts mehr von Richard gehört. Nur die allgemeine Nachricht, dass seine Truppe vor ein paar Tagen freigelassen wurde. Leider gab es noch kein Lebenszeichen von ihm. Aber wir haben auch keine Todesmeldung bekommen und daran halten wir fest."

Annas Mundwinkel rutschten wieder nach unten. Hatte sie bei der Information vom Tod des Onkels zu lächeln begonnen? Aber sie war nicht aufgelegt für Höflichkeiten.

Brigitte wusste auch nicht viel mehr, als sie selbst.

Warum hatte sich Richard nicht gemeldet, wenn er bereits freigelassen worden war? Das konnte nichts Gutes bedeuten.

In den Liebesromanen, die Anna hin und wieder gelesen hatte, gab es meist eine so starke Bindung zwischen zwei Liebenden, dass einer immer genau spürte, wenn dem anderen etwas Schlimmes geschah. Aber sie fühlte nichts, wusste nichts, hatte keine Ahnung, wie es Richard ging. Er war die Liebe ihres Lebens, aber ob er tot war oder wohlauf, sie konnte es nicht sagen, hatte keine übernatürliche Eingebung. Sie saß einfach in dem Bett ihres Geliebten, in dem Haus seiner Familie und fühlte sich hilflos.

Was sollte sie nun tun? Sie wollte hierher, das war ihr Plan gewesen und nun, da es so weit war, wusste sie nicht, wie all das enden sollte.

Ihr Körper bekam nichts mit von ihrem inneren Tumult, denn ihr Magen begann, zu knurren.

„Du hast ja Hunger! Du stehst jetzt auf und gehst dich waschen. Ich werde inzwischen das Essen vorbereiten. Wenn du fertig bist, essen wir in Ruhe und besprechen alles. Danach kannst du dich so lange ausruhen, wie du willst", sagte Brigitte.

Das klang logisch und nachdem Anna sowieso nicht wusste, was sie sonst tun sollte, beschloss sie, der Anweisung nachzukommen. Sie streckte ihre schmerzenden Glieder und schwang die Beine aus dem Bett.

Wenn Richards Truppen vor einiger Zeit freigelassen worden waren, würde er entweder bald von sich hören lassen oder selbst kommen.

Wenn er noch am Leben war.

***

Vier Tage verbrachte Anna seither bei ihrer Schwiegerfamilie. Sie tankte neue Kraft und half mit, wo sie konnte. Es war schwierig für sie, sich einzugestehen, dass sie nun nichts mehr tun konnte, als zu warten. Sie konnte Richard aus eigener Kraft nicht mehr näher kommen. Sie hatte alles gegeben, was sie konnte. Nun war er an der Reihe, ein Lebenszeichen von sich zu geben. Sie konnte sich nicht damit abfinden, dass es besorgniserregend war, dass man nichts von ihm gehört hatte und hielt daran fest, dass er gleich den direkten Weg zu seiner Familie auf sich genommen hatte, um so bald als möglich wieder zu Hause und bei ihr zu sein. Auch seine

Familie machte sich große Sorgen, inzwischen waren die Brüder wieder aus dem Krieg zurückgekehrt.

Nur Richard fehlte.

An diesem Abend fiel es Anna schwer, sich im Bett zu entspannen.

Sie hatte sich vorgenommen, eine Woche zu warten, bevor sie entschied, was weiter zu tun war.

Die Woche schritt viel zu rasch voran. Sie versuchte, die Zeit nützlich zu überbrücken und half im Haushalt und bei der Stallarbeit, wo sie konnte. Aber es fiel ihr schwer, sich auf das zu konzentrieren, was sie gerade tat, egal, was es war. Immer schweiften ihre Gedanken zu Richard und ihre Zuversicht schwand mit jeder Minute, die verstrich.

Sie durfte in der Stube schlafen, dort war eine Bank, die sie benutzen konnte. Somit hatte sie am Abend ihre Ruhe, was ein enormer Luxus war, aber Anna in diesen Tagen nicht gelegen kam. Zwar hatte sie Gelegenheit genug, sich auszuruhen, aber die Einsamkeit trug nicht gerade zu ihrer Ablenkung bei. Manchmal meinte sie, sich selbst denken zu hören, so still war es im Raum.

Nun wälzte sie sich im Bett von einer Seite zur anderen, anstatt die Ruhe zu genießen.

Kurz war sie schon eingenickt, hatte aber von Richard geträumt, der alleine umherirrte, verletzt und dem Tod nahe.

Immer wenn sie nun die Augen schloss, sah sie ihn wieder vor sich, hilflos. Es schmerzte sie so sehr, nicht zu wissen, wie es ihm ging.

Ein Schluchzer entschlüpfte ihren Lippen.

„Heul jetzt nicht wieder los!", mahnte sie sich selbst.

Jeden Abend war sie unter Tränen eingeschlafen. Sie schloss die Augen und versuchte, das Bild des verletzten Richards wegzuschieben und es zu ersetzen.

Sie sah ihn vor sich, wie er in die Bäckerei kam, so völlig fremd für sie, aber sofort etwas Besonderes. Seine Augen strahlten, auf die Lippen hatte er sein verschmitztes Lächeln gesetzt. Sie sah seinen verwunderten Blick, als sie ihm den Korb aus der Hand riss und vor ihm davonrannte. Sie sah ihn vor ihrem Haustor, der Schnee wirbelte um ihn herum und sie meinte fast, seinen Kuss auf den Lippen zu schmecken, zu fühlen, wie weich und warm er war. Sie legte den Finger auf die Lippen und fuhr sie nach.

Wie lange war es her, dass er sie dort berührt hatte?

Mit diesem Gedanken schlief sie ein.

„Anna, wach auf! Wach auf und zieh dich an. Er ist da!"

Eine Stimme in ihrem Traum flüsterte ihr die erlösenden Worte zu. Sie nahmen all den Schmerz der vergangen Monate von ihr, die Sorge und Furcht. Was für ein wundervoller Traum!

Etwas rüttelte an ihrer Schulter. Was für ein seltsamer Traum.

„Anna! Wach auf. Er ist gesehen worden. Richard! Er ist ganz nah."

Sie schlug die Augen auf. Es war keine Traumgestalt oder Engel, sondern Brigitte, die im Halbdunklen über ihr stand.

Bitte, lass das keinen Traum sein, dachte sie inständig.

„Bist du wach? Richard ist da. Er wurde ein kurzes Stück vor dem Ortsschild gesehen, in Richtung unseres Hauses. Die Nachbarsbuben wollten gerade nach Hause gehen, da haben sie ihn entdeckt. Einer ist vorausgelaufen, um uns Bescheid zu geben."

Anna war mit einem Mal hellwach, ihr Verstand wirbelte wie wild herum.

Er war hier? Richard lebte und war hier? Sie konnte an nichts anderes denken. Richard lebte!

Sie sprang auf. Dass ihr kurz schwindelte ignoriert sie. Die klaren Gedanken hatten sich verflüchtigt, sie kam sich vor wie auf einer Wolke, weit weg von der Welt. Ihr Körper und ihre Gedanken waren vollkommen taub.

Mit ein paar Schritten war der Raum durchquert.

„Anna, du…" Brigitte setzte zu einem Satz an, aber Anna hörte sie nicht mehr.

Er lebte!

Sie musste zu ihm. Musste sich selbst davon überzeugen, dass es stimmte.

Sie sprang durch den angrenzenden Raum.

In wenigen Sekunden hatte sie die Tür erreicht. So geistesgegenwärtig, in den Mantel und in ihre Schuhe zu schlüpfen, die sich neben der Tür befanden, war sie noch. Dass diese ohne Strümpfe fürchterlich rieben, bemerkte sie nicht.

Ein einziger Gedanke hämmerte an ihr Bewusstsein, sie musste ihn sehen, durfte keine Sekunde länger warten.

Sie stieß die Tür auf, ignorierte, dass diese gegen die Wand krachte und sprang hinaus.

Schon war sie auf der Straße und rannte, die Tür hinter sich hatte sie sperrangelweit offen gelassen. Es war stockdunkel, nur die Sterne leuchteten ihr den Weg.

Ihr Mantel und Nachthemd flatterten hinter ihr her, sie rannte, als würde es um ihr Leben gehen. Aber das tat es ja auch, Richard war ihr Leben und sie wollte keinen Moment mehr ohne ihn durchhalten.

Es war so viel geschehen in den letzten Monaten, sie hatte kein eigenes Zuhause mehr und ihr Dorf in Schlesien existierte so nicht mehr, wie sie es kannte. Sie hatte sich durch den Winter geschlagen, durch Kälte und Verzweiflung. Nun hatte sie auch noch ihre Familie hinter sich gelassen, aber all das würde an Bedeutung verlieren, würde sie nur in seine Arme fallen.

Tränen traten ihr in die Augen, liefen über ihr Gesicht. Sie fing an, zu lachen. Sie lief immer weiter. Die Häuser rauschten an ihr vorbei.

In der Dunkelheit konnte sie irgendwann zwei Gestalten erkennen.

Sie sah nur die Umrisse, aber sie wusste, dass eine der beiden Richard war.

Die zweite war etwas kleiner, das war vermutlich der zweite Nachbarsjunge, aber sie sah ihn kaum. Ihre Augen waren auf den Umriss gerichtet, der aufrecht schritt und sogar in der Dunkelheit Würde ausstrahlte.

Nun war sie schon so weit, dass sie sein Gesicht erkennen konnte. Er hatte noch eine Soldatenhose an, vermutlich hatte er keine andere gehabt, das schlichte weiße Hemd, das er trug, stand im starken Kontrast dazu. Sein Gesicht war geziert von Bartstoppeln, die Augen blickten ernst und verwundert nach vorne.

Hatte er sie noch nicht erkannt?

Aber schon im nächsten Moment weiteten sich seine Augen, strahlten sogar in der Dunkelheit vor Überraschung. Die starren Bewegungen fielen von ihm ab und er ging schneller, rannte fast, um eher bei ihr zu sein.

„Anna?"

Jetzt hatte er sie auf jeden Fall erkannt und breitete die Arme aus. Er erwartete sie und auf seinem Gesicht breitete sich Glückseligkeit aus.

Eine Sekunde später warf sie sich in seine Arme, ihr Zuhause. Tränen liefen ihr ununterbrochen übers Gesicht. Sie standen einfach da, in dieser innigen Umarmung.

Annas Spannung löste sich, sie schluchzte vor Freude. Sie konnte noch nicht verstehen, schaffte es nicht, zu verarbeiten, dass sie sich genau in der Situation befand, die sie eine Ewigkeit herbeigesehnt, sich in den schillerndsten Farben ausgemalt und vorgestellt hatte. Die Realität war noch schöner als ihre Fantasiegebilde, sie war vollkommen und perfekt. Ihr Herz hatte aufgehört zu schlagen, ihr ganzer Körper zitterte vor Glück. Sie spürte Wärme, Geborgenheit und Glück.

Sie nahm den Kopf zurück, um Richard in die Augen schauen zu können, ohne die Umarmung auch nur ein bisschen zu lockern.

Sein Blick war weich und es sprach dieselbe Liebe daraus, die sie empfand. Er legte seine Stirn auf ihre und eine Hand hob er an ihr Gesicht und versuchte, die Tränen wegzuwischen. Aber es kamen immer neue, so war es ein unmögliches Unterfangen.

„Ich liebe dich", fasste Richard alles zusammen, was auch sie fühlte. Seine Stimme war rau und weich zugleich.

Er nahm seine Stirn wieder von ihrer, aber nur, um im nächsten Moment seine Lippen auf die ihren zu legen.

Sein Kuss drückte Sehnsucht, Hoffnung und Zuneigung aus und sie erwiderte es mit der gleichen Hingabe. Seine Lippen waren noch weicher, als in ihrer Erinnerung und ihr Herz hatte wieder eingesetzt und schlug wie verrückt.

Es würde alles gut werden, nun konnte sie in ihr glückliches Leben starten. Zusammen mit Richard, da war sie sich sicher. Es gab keinen Zweifel mehr in ihrem Inneren, die schwere Zeit, die hinter ihr lag, wurde bedeutungslos. Das Wichtigste, das sie sich herbeigesehnt hatte, hatte sie nun. Er war bei ihr und sie beim ihm. Für immer. Sie wusste es, spürte es, spürte ihn.

Richard.

Irgendwann lösten sie sich voneinander. Ihre Tränen waren versiegt, das Glück erfüllte sie bis in jede Faser ihres Seins. Sie sahen sich wieder tief in die Augen und wandten sich wortlos zum Gehen.

Sie würden nach Hause gehen, zusammen.

Der Nachbarsjunge war nicht mehr zu sehen, er hatte ihnen vermutlich einen ruhigen Moment gegönnt.

Eng umschlungen gingen sie den Weg zurück.

Irgendwann erklang Richards dunkle, amüsierte Stimme: „Was hast du da eigentlich an?"

Epilog:

Anna machte große Augen.

Es war ein sehr feines Geschäft und ein wunderschönes Haus. Die Häuser standen aneinandergereiht in der Gasse. Sie waren allesamt reich verziert, die Fassaden wunderschön anzusehen. Immer wieder entdeckte man etwas Neues, schöne Muster oder Gesichter. Die Stadt Graz, in der sie nun angekommen waren, war bezaubernd. Beinahe jedes Haus hatte eine andere Farbe, man musste sich nur die Zeit nehmen, all das Wunderbare zu erkennen. Aber das schönste Haus war das, vor dem sie standen, in das sie ziehen würden und wo sie Arbeit gefunden hatten. Seine Fassade war mit Holz beschlagen und mit feinen Schnitzereien verziert.

Es war nicht leicht gewesen, in dieser Zeit eine Arbeit zu finden. Aber es hatte sich der glückliche Zufall ergeben, dass sich diese Gelegenheit aufgetan hatte. Der Besitzer der Bäckerei hatte sowohl einen Bäcker gesucht, als auch jemanden zum Brotverkaufen. Glücklicherweise hatte er auch noch eine Wohnung zu vergeben gehabt, die sich im selben Haus im zweiten Stock befand, genau über der Bäckerei.

Sie würden sich hier ein Leben aufbauen, glücklich werden.

Plötzlich wurde sie von hinten umarmt.

„Na, Anna, drückst du dich?" Richards Stimme war ganz nah an ihrem Ohr.

Sie lehnte ihren Kopf nach hinten an seine Schulter.

„Mein Liebster, ich hab' doch bis jetzt am meisten herumgeschleppt."

Das war natürlich heillos übertrieben, denn viel hatten sie ja nicht. Ihre wenigen Habseligkeiten waren schnell in der Wohnung untergebracht gewesen. Brigitte hatte ihnen einen Korb mit Lebensmitteln mitgegeben und Bettwäsche und Handtücher dazugegeben.

Kurz musste Anna bedauernd an das schöne Geschirr und die Wäsche denken, die sie in Schlesien zurückgelassen hatte.

Aber heute hatten trübe Gedanken keinen Platz. Richard und sie hatten sich wiedergefunden und konnten endlich ihr gemeinsames Leben beginnen.

„Da musst du sowieso noch einiges aufholen!" Sie wollte ihn ein bisschen necken und an dem leisen Lachen und daran, dass er den Kopf schüttelte, war ihr klar, dass ihr das auch gelang.

„Und das alles in meinem Zustand. Ich arme Frau!"

Sie hob theatralisch den Handrücken an die Stirn.

Er legte seine Hand auf ihren bereits rundlichen Bauch.

„Wir drei werden hier bestimmt sehr glücklich. Das weiß ich, denn ich liebe euch beide sehr."

Sie drehte sich zu ihm um und küsste ihn liebevoll.

Sie glaubte ihm voll und ganz.

ENDE

Wie das Leben die Geschichte weiterschrieb:

„Anna" und „Richard" blieben in Graz und feierten ihre diamantene Hochzeit mit ihrem Sohn und ihren Enkelkindern.

Der Vater kehrte wohlbehalten aus dem Krieg zurück und blieb mit der Mutter in Bayern.

„Franz" studierte, wurde Lehrer und lebt mit seiner Familie im Rheinland.

„Marie" heiratete und gründete eine Familie. Sie kümmerte sich um die Eltern, lud ihre Geschwister oft zu sich ein und wurde so zum Mittelpunkt der Familie.

… und für dich, Opa!

Danksagung:

Ich möchte mich bei allen bedanken, die ich immer und immer wieder mit dem gleichen Thema nerven durfte und die mir mit Rat und Tat zur Seite standen.

Anfangen muss ich aber vermutlich bei meinem ehemaligen Deutschprofessor, Mag. Dr. Kindig, der mich wegen meiner starken Rechtschreibschwäche immer förderte. So bekam ich die Chance, das Schreiben trotz all seiner Schwierigkeiten lieben zu lernen.

In dem Zusammenhang möchte ich auch meinen Rechtschreibengel Chantal erwähnen, der mir von Anfang an den Rücken stärkte.

Auch ganz wichtig war mir meine Mama, die mir nicht nur mit vielen Informationen half, sondern auch beim Überarbeiten des Buches.

Danke, danke auch an Anna, meine Schwester, die mir ihren Namen geborgt und viel über Omas Geschichten gewusst hat.

Das gilt auch für alle anderen, die mir mit Briefen oder bei einem netten Gespräch vieles über sie erzählt haben.

Meiner Tante Li möchte ich danken, die es immer sehr ernst genommen hat, meine Fragen ausführlich zu beantworten und bei der ich immer eine ehrliche Meinung erwarten durfte.

Zum Schluss ist mir wichtig, meinen Dank meinen Kolleginnen und Kollegen auszudrücken. Ich habe ihnen bei diesem Buch vieles zu verdanken.

Danke an alle, die mir helfen, die Neuigkeit, dass ich ein Buch geschrieben habe, zu verbreiten und an all diejenigen, die es lesen!